So7

CARNET

DE

RECENSEMENTS.

1856

V

33916

Ce carnet, le plus commode, et l'un des plus exacts et des plus complets qui aient paru jusqu'à ce jour, donne au premier coup d'œil la vidange des fûts sans le secours d'aucun calcul. Mais comme ces tables ne sont faites que pour des contenances de 10 en 10 litres, dans le cas où l'on voudrait connaître la vidange d'un fût intermédiaire, voici la marche à suivre :

Soit un fût de 222 litres ; on peut sans s'écarter de l'exactitude opérer comme s'il s'agissait d'un fût de 220 ; il en serait de même en calculant comme pour un fût de 250 litres, dans le cas où il s'agirait d'un fût de 228.

S'il s'agissait d'un fût de 225 litres, il faudrait prendre la moyenne entre la vidange donnée pour un fût de 220 et un de 230.

Afin de rendre ce carnet aussi complet que possible, j'ai cru devoir y ajouter, outre la table des segments, un tableau présentant la contenance des cylindres sur un diamètre de 1 à 500 centimètres et une table simplifiée pour les corrections à faire subir au degré apparent indiqué par l'alcoomètre.

ESQUILAT.

Pour connaître le contenu d'un fût en vidange il suffit d'introduire la jauge ou un mètre dans ce fût, de prendre exactement la hauteur *(diamètre)* au bouge en dessous du bois et le nombre de centimètres de liquide *(mouillé)*, on se transporte au tableau afférent à la contenance du fût, et le nombre qui se trouve à l'intersection du mouillé et de la hauteur est la vidange en litres.

EXEMPLE : soit un fût de la contenance de 40 litres dont la hauteur à la bonde ou bouge est de 34 centimètres et le mouillé de 16 ; on a, au point d'intersection de 16 et de 34, 18 litres.

Mouillé.	Fûts de **25** Litres. Hauteurs au Bouge.					Mouillé.	Fûts de **30** Litres. Hauteurs au Bouge.					Mouillé.	Fûts de **40** Litres. Hauteurs au Bouge.				
	28	29	30	31	32		29	30	31	32	33		32	33	34	35	36
1	0	0	0	0	0	1	0	0	0	0	0	1	0	0	0	0	0
2	0	0	0	0	0	2	0	0	0	0	0	2	0	0	0	0	0
3	0	0	0	0	0	3	1	1	1	1	1	3	1	1	1	1	1
4	1	1	1	1	1	4	2	2	2	1	1	4	2	2	2	2	2
5	2	2	2	2	2	5	3	3	3	2	2	5	3	3	3	3	3
6	3	3	3	3	3	6	4	4	4	3	3	6	4	4	4	4	4
7	4	4	4	4	4	7	5	5	5	4	4	7	5	5	5	5	5
8	5	5	5	4	4	8	6	6	6	5	5	8	6	6	6	6	6
9	6	6	6	5	5	9	7	7	7	6	6	9	8	7	7	7	7
10	7	7	7	6	6	10	8	8	8	7	7	10	10	9	8	8	8
11	8	8	8	7	7	11	9	9	9	8	8	11	11	10	9	9	9
12	9	9	9	8	8	12	10	10	10	9	9	12	13	12	11	11	10
13	11	10	10	9	9	13	12	11	11	10	10	13	14	14	13	12	11
14	12	11	11	10	10	14	14	13	12	11	11	14	16	15	15	13	12
15	14	13	12	12	11	15	16	15	14	13	12	15	18	17	16	15	14
16	16	15	14	13	12	16	18	17	16	15	14	16	20	19	18	17	16
17	17	16	15	15	14	17	20	19	18	17	16	17	22	21	20	19	18
18	18	17	16	16	15	18	21	20	19	19	18	18	24	23	22	21	20
19	19	18	17	17	16	19	22	21	20	20	19	19	26	25	24	23	22
20	20	19	18	18	17	20	23	22	21	21	20	20	27	26	25	25	24
21	21	20	19	19	18	21	24	23	22	22	21	21	29	28	27	27	26
22	22	21	20	20	19	22	25	24	23	23	22	22	30	30	29	28	28
23	23	22	21	21	20	23	26	25	24	24	23	23	32	31	31	29	29
24	24	23	22	21	21	24	27	26	25	25	24	24	34	33	32	31	30
25	24	24	23	22	21	25	28	27	26	26	25	25	35	34	33	32	31
26	24	24	24	23	22	26	29	28	27	27	26	26	36	35	34	33	32
27	25	24	24	24	23	27	29	29	28	28	27	27	37	36	35	34	33
28	»	25	24	24	24	28	30	29	29	29	28	28	38	37	36	35	34
29	»	»	25	24	24	29	»	30	29	29	29	29	39	38	37	36	35
30	»	»	»	25	24	30	»	»	30	29	29	30	39	39	38	37	36
31	»	»	»	»	25	31	»	»	»	30	29	31	40	39	39	38	37
						32	»	»	»	»	30	32	»	40	39	39	38
												33	»	»	40	39	39
												34	»	»	»	40	39
												35	»	»	»	»	40

Fûts de 50 Litres.

Mouillé.	37	38	39	40	41
	Hauteurs au Bouge.				
1	0	0	0	0	0
2	0	0	0	0	0
3	1	1	1	1	1
4	2	2	2	2	2
5	3	3	3	3	3
6	4	4	4	4	4
7	6	5	5	5	5
8	7	7	6	6	6
9	8	8	8	8	7
10	10	9	9	9	8
11	12	11	11	11	9
12	13	13	12	12	11
13	15	14	14	14	13
14	17	16	15	15	14
15	19	18	17	17	15
16	21	19	19	18	17
17	22	21	21	20	19
18	24	23	23	22	21
19	26	25	24	24	23
20	28	27	26	25	24
21	29	29	27	26	26
22	31	31	29	28	27
23	33	32	31	30	29
24	35	34	33	32	31
25	37	36	35	33	33
26	38	37	36	35	35
27	40	39	38	36	36
28	42	41	39	38	37
29	43	42	41	39	39
30	44	43	42	41	41
31	46	45	44	42	42
32	47	46	45	44	43
33	48	47	46	45	44
34	49	48	47	46	45
35	50	49	48	47	46
36	»	50	49	48	47
37	»	»	50	49	48
38	»	»	»	50	49
39	»	»	»	»	50

Fûts de 60 Litres.

Mouillé.	38	39	40	41	42
	Hauteurs au Bouge.				
1	0	0	0	0	0
2	0	0	0	0	0
3	1	1	1	1	1
4	2	2	2	2	2
5	3	3	3	3	3
6	4	4	4	4	4
7	6	6	5	5	5
8	8	7	7	7	7
9	10	9	9	9	9
10	12	11	11	10	10
11	14	13	13	12	12
12	15	15	15	14	14
13	17	17	17	16	16
14	19	19	18	17	17
15	21	21	20	19	19
16	23	23	22	21	21
17	26	25	24	23	23
18	28	27	26	25	25
19	30	29	28	27	27
20	32	31	30	29	29
21	34	33	32	31	30
22	37	35	34	33	31
23	39	37	36	35	33
24	41	39	38	37	35
25	43	41	40	39	37
26	45	43	42	41	39
27	46	45	43	42	41
28	48	47	45	44	43
29	50	49	47	46	44
30	52	51	49	48	46
31	54	53	51	50	48
32	56	54	53	51	50
33	57	56	55	53	51
34	58	57	56	55	53
35	59	58	57	56	55
36	60	59	58	57	56
37	»	60	59	58	57
38	»	»	60	59	58
39	»	»	»	60	59
40	»	»	»	»	60

Fûts de 70 Litres.

Mouillé.	40	41	42	43	44
	Hauteurs au Bouge.				
1	0	0	0	0	0
2	0	0	0	0	0
3	1	1	1	1	1
4	2	2	2	2	2
5	3	3	3	3	3
6	5	5	4	4	4
7	7	7	6	6	6
8	9	9	8	7	7
9	11	11	10	9	9
10	13	13	12	11	11
11	15	15	14	13	13
12	17	17	16	15	15
13	20	19	18	17	17
14	22	20	20	19	19
15	24	22	22	21	21
16	26	24	24	24	23
17	29	26	26	26	25
18	31	29	29	28	27
19	33	31	31	30	29
20	35	34	33	32	31
21	37	36	35	34	33
22	39	39	37	36	35
23	41	41	39	38	37
24	44	44	41	40	39
25	46	46	44	42	41
26	48	48	46	44	43
27	50	50	48	46	45
28	53	51	50	49	47
29	55	53	52	51	49
30	57	55	54	53	51
31	59	57	56	55	53
32	61	59	58	57	55
33	63	61	60	59	57
34	65	63	62	61	59
35	67	65	64	63	61
36	68	67	66	64	63
37	69	68	67	66	64
38	70	69	68	67	66
39	»	70	69	68	67
40	»	»	70	69	68
41	»	»	»	70	69
42	»	»	»	»	70

Fûts de 80 Litres.

Mouillé	\ Hauteurs au Bouge.				
	41	42	43	44	45
1	0	0	0	0	0
2	0	0	0	0	0
3	1	1	1	1	1
4	2	2	2	2	2
5	3	3	3	3	3
6	5	5	5	5	5
7	8	7	7	6	6
8	10	9	9	8	8
9	12	11	11	11	10
10	14	13	13	12	12
11	16	15	15	14	14
12	19	18	17	17	16
13	21	21	19	19	18
14	23	23	21	21	21
15	25	25	24	23	23
16	27	27	26	25	25
17	30	29	28	27	27
18	33	32	31	29	29
19	36	35	34	32	32
20	39	38	36	35	34
21	41	40	39	38	36
22	44	42	42	40	39
23	47	45	44	42	42
24	50	48	46	45	44
25	53	51	49	48	46
26	55	53	52	51	48
27	57	55	54	53	51
28	59	57	56	55	53
29	61	59	59	57	55
30	64	62	61	59	57
31	66	65	63	61	59
32	68	67	65	63	62
33	70	69	67	66	64
34	72	71	69	68	66
35	75	73	71	70	68
36	77	75	73	72	70
37	78	77	75	74	72
38	79	78	77	75	74
39	79	79	78	77	75
40	80	79	79	78	77
41	»	80	79	79	78
42	»	»	80	79	79
43	»	»	»	80	79
44	»	»	»	»	80

Fûts de 90 Litres.

Mouillé	Hauteurs au Bouge.				
	43	44	45	46	47
1	0	0	0	0	0
2	0	0	0	0	0
3	1	1	1	1	1
4	2	2	2	2	2
5	4	4	4	4	4
6	5	5	5	5	5
7	7	7	7	7	7
8	9	9	9	9	9
9	12	11	11	11	11
10	15	14	13	13	13
11	17	17	15	15	15
12	19	19	17	17	17
13	21	21	20	19	19
14	24	23	23	21	21
15	27	25	25	24	23
16	31	28	28	27	26
17	33	31	31	30	28
18	36	34	33	32	31
19	38	37	35	34	33
20	40	40	38	37	35
21	43	42	40	39	38
22	47	45	43	42	40
23	50	48	47	45	43
24	52	50	50	48	47
25	54	53	52	51	50
26	57	56	55	53	52
27	59	59	57	56	55
28	63	62	59	58	57
29	66	65	62	60	59
30	69	67	65	63	62
31	71	69	67	66	64
32	73	71	70	69	67
33	75	73	73	71	69
34	78	76	75	73	71
35	81	79	77	75	73
36	83	81	79	77	75
37	85	83	81	79	77
38	86	85	83	81	79
39	88	86	85	83	81
40	89	88	86	85	83
41	89	89	88	86	85
42	90	89	89	88	86
43	»	90	89	89	88
44	»	»	90	89	89
45	»	»	»	90	89
46	»	»	»	»	90

Fûts de **100** Litres.												Fûts de **110** Litros.					
Mouillé.	Hauteurs au Bouge.					Mouillé.	Hauteurs au Bouge.					Mouillé.	Hauteurs au Bouge.				
	46	47	48	49	50		46	47	48	49	50		49	50	51	52	53
1	0	0	0	0	0	41	96	95	94	92	90	1	0	0	0	0	0
2	0	0	0	0	0	42	98	97	96	94	92	2	0	0	0	0	0
3	1	1	1	1	1	43	99	98	97	96	94	3	1	1	1	1	1
4	2	2	2	2	2	44	100	99	98	97	96	4	2	2	2	2	2
5	4	4	3	3	3	45	»	100	99	98	97	5	3	3	3	3	3
6	6	5	4	4	4	46	»	»	100	99	98	6	5	5	5	4	4
7	8	7	6	6	6	47	»	»	»	100	99	7	7	7	7	6	6
8	10	10	8	8	8	48	»	»	»	»	100	8	9	9	9	8	8
9	12	12	10	10	10							9	11	11	11	10	10
10	14	14	12	12	12							10	13	13	13	12	12
11	16	16	15	14	14							11	16	16	16	15	14
12	19	18	18	16	16							12	18	18	18	17	16
13	21	20	20	19	19							13	21	21	20	20	19
14	24	23	23	21	21							14	23	23	22	22	21
15	26	26	26	23	23							15	26	26	25	25	23
16	29	29	29	26	26							16	29	29	28	28	26
17	32	32	32	29	29							17	32	32	30	30	28
18	36	34	34	32	32							18	35	35	33	32	31
19	39	37	37	34	34							19	37	37	36	35	34
20	42	39	39	36	36							20	40	40	39	38	36
21	45	42	42	39	39							21	43	43	42	40	39
22	48	45	45	42	42							22	46	46	45	43	42
23	50	48	48	45	45							23	49	49	48	46	45
24	52	52	50	48	48							24	53	52	51	49	48
25	55	55	52	52	50							25	57	55	53	52	51
26	58	58	55	55	52							26	61	58	57	55	53
27	61	61	58	58	55							27	64	61	59	58	57
28	64	63	61	60	58							28	67	64	62	61	59
29	68	66	63	63	61							29	70	67	65	64	62
30	71	68	66	66	64							30	73	70	68	67	65
31	74	71	68	68	66							31	75	73	71	70	68
32	76	74	71	71	68							32	78	75	74	72	71
33	79	77	74	74	71							33	81	78	77	75	74
34	81	80	77	77	74							34	84	81	80	78	76
35	84	82	80	79	77							35	87	84	82	80	79
36	86	84	82	81	79							36	89	87	85	82	82
37	88	86	85	84	81							37	92	89	88	85	84
38	90	88	88	86	84							38	94	92	90	88	87
39	92	90	90	88	86							39	97	94	92	90	89
40	94	93	92	90	88							40	99	96	94	93	91

Fûts de 110 Litres.

Mouillé.	Hauteurs au Bouge.				
	49	50	51	52	53
41	101	99	97	95	94
42	103	101	99	98	96
43	105	103	101	100	98
44	107	105	103	102	100
45	108	107	105	104	102
46	109	108	107	106	104
47	110	109	108	107	106
48	»	110	109	108	107
49	»	»	110	109	108
50	»	»	»	110	109
51	»	»	»	»	110

Fûts de 120 Litres.

Mouillé.	Hauteurs au Bouge.				
	49	50	51	52	53
1	0	0	0	0	0
2	0	0	0	0	0
3	1	1	1	1	1
4	2	2	2	2	2
5	4	4	4	4	3
6	6	6	6	6	5
7	8	7	7	7	7
8	10	9	8	8	8
9	12	11	10	9	9
10	14	13	12	11	11
11	17	16	15	14	14
12	20	19	18	17	17
13	23	22	21	20	19
14	26	25	24	23	22
15	29	28	27	26	25
16	32	31	30	29	27
17	35	34	33	32	31
18	38	37	36	35	34
19	41	40	39	38	37
20	44	43	42	41	40
21	47	46	45	44	43
22	50	49	48	47	46
23	54	53	52	51	50
24	58	56	55	54	53
25	62	60	58	57	56
26	66	64	62	60	58
27	70	67	65	63	62
28	73	71	68	66	64
29	76	74	72	69	67
30	79	77	75	73	70
31	82	80	78	76	74
32	85	83	81	79	77
33	88	86	84	82	80
34	91	89	87	85	83
35	94	92	90	88	86
36	97	95	93	91	89
37	100	98	96	94	93
38	103	101	99	97	95
39	106	104	102	100	98
40	108	107	105	103	101

Mouillé.	Hauteurs au Bouge.				
	49	50	51	52	53
41	110	109	108	106	103
42	112	111	110	109	106
43	114	113	112	111	109
44	116	114	113	112	111
45	118	116	114	113	112
46	119	118	116	114	113
47	120	119	118	116	115
48	»	120	119	118	117
49	»	»	120	119	118
50	»	»	»	120	119
51	»	»	»	»	120

Fûts de **130** Litres.

Mouillé	Hauteurs au Bouge.					Mouillé	Hauteurs au Bouge.				
	51	52	53	54	55		51	52	53	54	55
1	0	0	0	0	0	41	118	115	112	109	107
2	0	0	0	0	0	42	120	118	115	112	110
3	1	1	1	1	1	43	122	120	118	115	113
4	2	2	2	2	2	44	123	122	120	118	115
5	4	4	3	3	3	45	124	123	122	120	118
6	6	6	5	5	5	46	126	124	123	122	120
7	7	7	7	7	7	47	128	126	125	123	122
8	8	8	8	8	8	48	129	128	127	125	123
9	10	10	10	10	10	49	130	129	128	127	125
10	12	12	12	12	12	50	»	130	129	128	127
11	15	15	15	15	15	51	»	»	130	129	128
12	18	18	18	18	17	52	»	»	»	130	129
13	21	21	21	21	20	53	»	»	»	»	130
14	24	24	24	24	23						
15	27	27	27	27	26						
16	32	32	31	30	29						
17	36	36	34	33	32						
18	39	39	37	36	35						
19	42	42	41	39	38						
20	46	45	44	42	41						
21	50	48	48	45	44						
22	53	51	51	48	47						
23	56	54	54	51	50						
24	60	58	57	54	53						
25	63	61	60	58	56						
26	67	65	63	61	60						
27	70	69	67	65	63						
28	74	72	70	69	67						
29	77	76	73	72	70						
30	80	79	76	76	74						
31	84	82	79	79	77						
32	88	85	82	82	80						
33	91	88	86	85	83						
34	94	91	89	88	86						
35	98	94	93	91	89						
36	103	98	96	94	92						
37	106	103	99	97	95						
38	109	106	103	100	98						
39	112	109	106	103	101						
40	115	112	109	106	104						

Fûts de **140** Litres.

Mouillé	Hauteurs au Bouge.				
	52	53	54	55	56
1	0	0	0	0	0
2	1	1	1	1	1
3	2	2	2	2	2
4	3	3	3	3	3
5	5	4	4	4	4
6	7	6	6	6	6
7	9	8	8	8	8
8	11	10	10	10	10
9	13	13	12	12	12
10	16	16	15	14	14
11	19	19	17	16	16
12	22	22	20	19	19
13	25	25	23	22	22
14	28	28	27	25	25
15	32	31	30	28	28
16	35	34	33	32	31
17	39	37	36	35	34
18	42	40	39	39	37
19	45	44	42	42	40
20	48	48	46	45	44
21	51	54	49	48	47
22	55	54	52	51	50
23	59	57	56	55	53
24	62	61	59	59	56
25	66	64	62	62	59
26	70	68	66	65	62
27	74	72	70	68	66
28	78	76	74	72	70
29	81	79	78	75	74
30	85	83	81	78	78
31	89	86	84	81	81
32	92	89	88	85	84
33	95	92	91	89	87
34	98	96	94	92	90
35	101	100	98	95	93
36	105	103	101	98	96
37	108	106	104	101	100
38	112	109	107	105	103
39	115	112	110	108	106
40	118	115	113	112	109

Fûts de **140** Litres.

Mouillé.	Hauteurs au Bouge.				
	52	53	54	55	56
41	121	118	117	115	112
42	124	121	120	118	115
43	127	124	123	121	118
44	129	127	125	124	121
45	131	130	128	126	124
46	133	132	130	128	126
47	135	134	132	130	128
48	137	136	134	132	130
49	138	137	136	134	132
50	139	138	137	136	134
51	140	139	138	137	136
52	»	140	139	138	137
53	»	»	140	139	138
54	»	»	»	140	139
55	»	»	»	»	140

Fûts de **150** Litres

Mouillé.	Hauteurs au Bouge.				
	53	54	55	56	57
1	0	0	0	0	0
2	1	1	1	1	1
3	2	2	2	2	2
4	3	3	3	3	3
5	4	4	4	4	4
6	6	6	6	6	6
7	8	8	8	8	8
8	11	11	11	10	10
9	14	14	13	12	12
10	17	16	15	15	14
11	20	19	18	17	16
12	23	23	21	20	19
13	26	26	24	23	22
14	29	29	27	26	25
15	32	32	30	29	28
16	36	35	34	32	31
17	39	38	38	36	35
18	43	41	41	39	38
19	47	45	44	43	42
20	51	49	47	46	45
21	55	53	51	50	49
22	58	56	55	54	53
23	61	59	59	58	57
24	65	63	63	62	61
25	69	67	66	65	64
26	73	70	69	68	67
27	77	75	73	72	70
28	81	80	77	75	73
29	85	83	81	78	77
30	89	87	84	82	80
31	92	90	87	85	83
32	95	94	91	88	86
33	99	97	95	92	89
34	103	101	99	96	93
35	107	105	103	100	97
36	111	109	106	104	101
37	114	112	109	107	105
38	118	115	112	111	108
39	121	118	116	114	112
40	124	121	120	118	115

Mouillé.	Hauteurs au Bouge.				
	53	54	55	56	57
41	127	124	123	121	119
42	130	127	126	124	122
43	133	131	129	127	125
44	136	134	132	130	128
45	139	136	135	133	131
46	142	139	137	135	134
47	144	142	139	138	136
48	146	144	142	140	138
49	147	146	144	142	140
50	148	147	146	144	142
51	149	148	147	146	144
52	150	149	148	147	146
53	»	150	149	148	147
54	»	»	150	149	148
55	»	»	»	150	149
56	»	»	»	»	150

Fûts de **160** Litres.

Mouillé	Hauteurs au Bouge.					Mouillé	Hauteurs au Bouge.				
	54	55	56	57	58		54	55	56	57	58
1	0	0	0	0	0	41	133	131	128	126	124
2	1	1	1	1	1	42	136	134	131	129	127
3	2	2	2	2	2	43	139	137	134	132	130
4	3	3	3	3	3	44	142	140	137	135	133
5	4	4	4	4	4	45	145	143	140	137	136
6	6	6	6	6	6	46	148	146	143	140	139
7	9	9	9	9	8	47	151	148	146	143	142
8	12	12	12	11	10	48	154	151	148	146	144
9	15	14	14	14	13	49	156	154	151	149	147
10	18	17	17	17	16	50	157	156	154	152	150
11	21	20	20	20	18	51	158	157	156	154	152
12	24	23	23	23	21	52	159	158	157	156	154
13	27	26	26	25	24	53	160	159	158	157	156
14	30	29	29	28	27	54	»	160	159	158	157
15	33	32	32	31	30	55	»	»	160	159	158
16	36	36	35	34	33	56	»	»	»	160	159
17	40	40	38	37	36	57	»	»	»	»	160
18	44	44	42	41	40						
19	48	48	46	45	44						
20	52	51	50	49	48						
21	56	55	54	52	51						
22	60	59	58	56	54						
23	64	63	62	60	58						
24	68	67	66	64	61						
25	72	71	70	67	65						
26	76	74	73	70	69						
27	80	78	77	74	73						
28	84	82	80	78	76						
29	88	86	83	82	80						
30	92	89	87	86	84						
31	96	93	90	90	87						
32	100	97	94	93	94						
33	104	101	98	96	95						
34	108	105	102	100	99						
35	112	109	106	104	102						
36	116	112	110	108	106						
37	120	116	114	111	109						
38	124	120	118	115	112						
39	127	124	122	119	116						
40	130	128	125	123	120						

Fûts de **170** Litres.

Mouillé	Hauteurs au Bouge.				
	55	56	57	58	59
1	0	0	0	0	0
2	1	1	1	1	1
3	2	2	2	2	2
4	3	3	3	3	3
5	5	5	5	5	4
6	7	7	7	6	6
7	10	10	9	8	8
8	13	12	11	11	10
9	16	14	13	13	12
10	19	17	16	16	15
11	22	20	19	19	18
12	25	23	22	22	21
13	28	27	26	25	24
14	31	30	29	28	27
15	35	34	33	32	30
16	39	38	36	35	34
17	43	42	40	39	38
18	47	46	44	43	42
19	51	50	48	47	46
20	55	54	52	51	50
21	59	58	56	55	54
22	63	62	60	59	58
23	67	66	64	63	62
24	71	70	68	67	66
25	75	74	72	70	69
26	79	78	76	74	73
27	83	82	80	78	77
28	87	85	83	82	80
29	94	88	87	85	83
30	95	92	90	88	87
31	99	96	94	92	90
32	103	100	98	96	93
33	107	104	102	100	97
34	111	108	106	103	101
35	115	112	110	107	104
36	119	116	114	111	108
37	123	120	118	115	112
38	127	124	122	119	116
39	131	128	126	123	120
40	135	132	130	127	124

Fûts de **170** Litres.

Mouillé.	Hauteurs au Bouge.				
	55	56	57	58	59
41	139	136	134	131	128
42	142	140	137	135	132
43	145	143	141	138	136
44	148	147	144	142	140
45	151	150	148	145	143
46	154	153	151	148	146
47	157	156	154	151	149
48	160	158	157	154	152
49	163	160	159	157	155
50	165	163	161	159	158
51	167	165	163	162	160
52	168	167	165	164	162
53	169	168	167	165	164
54	170	169	168	167	166
55	»	170	169	168	167
56	»	»	170	169	168
57	»	»	»	170	169
58	»	»	»	»	170

Fûts de **180** Litres.

Mouillé.	Hauteurs au Bouge.				
	56	57	58	59	60
1	0	0	0	0	0
2	1	1	1	1	1
3	2	2	2	2	2
4	3	3	3	3	3
5	5	5	5	4	4
6	7	7	7	6	6
7	10	9	9	8	8
8	13	12	12	11	10
9	16	15	15	14	13
10	19	18	18	17	16
11	22	21	21	20	19
12	25	24	24	23	22
13	28	27	27	26	25
14	32	31	30	29	28
15	36	35	34	33	32
16	40	39	38	37	36
17	44	43	42	41	39
18	48	47	46	45	43
19	52	50	49	48	47
20	56	54	53	52	51
21	60	58	57	56	55
22	64	62	61	60	59
23	68	66	65	64	63
24	72	70	69	68	67
25	76	74	73	72	71
26	80	79	78	76	75
27	85	84	82	80	79
28	90	88	86	84	83
29	95	92	90	88	87
30	100	96	94	92	90
31	104	101	98	96	93
32	108	106	102	100	97
33	112	110	107	104	101
34	116	114	111	108	105
35	120	118	115	112	109
36	124	122	119	116	113
37	128	126	123	120	117
38	132	130	127	124	121
39	136	133	131	128	125
40	140	137	134	132	129

Mouillé.	Hauteurs au Bouge.				
	56	57	58	59	60
41	144	141	138	135	133
42	148	145	142	139	137
43	152	149	146	143	141
44	155	153	150	147	144
45	158	156	153	151	148
46	161	159	156	154	152
47	164	162	159	157	155
48	167	165	162	160	158
49	170	168	165	163	161
50	173	171	168	166	164
51	175	173	171	169	167
52	177	175	173	172	170
53	178	177	175	174	172
54	179	178	177	176	174
55	180	179	178	177	176
56	»	180	179	178	177
57	»	»	180	179	178
58	»	»	»	180	179
59	»	»	»	»	180

Fûts de 190 Litres.

Mouillé	Hauteurs au Bouge.					Mouillé	Hauteurs au Bouge.				
	57	58	59	60	61		57	58	59	60	61
1	0	0	0	0	0	41	149	146	143	140	138
2	1	1	1	1	1	42	153	150	147	145	142
3	2	2	2	2	2	43	156	154	151	149	146
4	3	3	3	3	3	44	160	158	155	153	150
5	5	5	4	4	4	45	164	161	158	157	154
6	7	7	6	6	6	46	168	165	162	160	157
7	9	9	8	8	8	47	172	169	166	163	160
8	12	12	11	10	10	48	175	172	170	166	164
9	15	15	14	13	13	49	178	175	173	170	167
10	18	18	17	17	16	50	181	178	176	173	170
11	22	21	20	20	20	51	183	181	179	177	174
12	26	25	24	24	23	52	185	183	182	180	177
13	30	29	28	27	26	53	187	185	184	182	180
14	34	32	32	30	30	54	188	187	186	184	182
15	37	36	35	33	33	55	189	188	187	186	184
16	41	40	39	37	36	56	190	189	188	187	186
17	45	44	43	41	40	57	»	190	189	188	187
18	49	48	47	45	44	58	»	»	190	189	188
19	53	51	51	50	48	59	»	»	»	190	189
20	57	55	55	54	52	60	»	»	»	»	190
21	61	60	60	58	56						
22	66	65	64	62	60						
23	70	70	68	66	64						
24	75	74	72	70	68						
25	80	78	76	74	72						
26	85	82	80	78	76						
27	89	86	84	82	80						
28	93	90	88	86	84						
29	97	95	93	90	88						
30	101	100	97	95	93						
31	105	104	102	100	97						
32	110	108	106	104	102						
33	115	112	110	108	106						
34	120	116	114	112	110						
35	124	120	118	116	114						
36	129	125	122	120	118						
37	133	130	126	124	122						
38	137	135	130	128	126						
39	141	139	135	132	130						
40	147	142	139	136	134						

Fûts de 200 Litres.

Mouillé	Hauteurs au Bouge.				
	59	60	61	62	63
1	0	0	0	0	0
2	1	1	1	1	1
3	2	2	2	2	2
4	3	3	3	3	3
5	5	5	4	4	4
6	7	7	6	6	6
7	9	9	9	9	8
8	12	12	11	11	11
9	15	15	14	14	14
10	18	18	17	17	17
11	22	21	21	20	20
12	25	24	24	23	23
13	29	29	28	27	26
14	33	32	31	30	29
15	37	36	35	34	33
16	41	40	39	38	37
17	45	44	43	42	40
18	49	48	47	46	44
19	53	52	51	50	48
20	57	56	55	54	52
21	62	60	59	58	56
22	66	64	63	61	60
23	70	68	67	65	64
24	75	73	71	69	68
25	79	77	75	73	72
26	84	82	79	78	77
27	88	86	83	82	81
28	93	90	88	86	85
29	98	95	93	90	89
30	102	100	98	95	93
31	107	105	102	100	98
32	112	110	107	105	102
33	116	114	112	110	107
34	121	118	117	114	111
35	125	123	121	118	115
36	130	127	125	122	119
37	134	132	129	127	123
38	138	136	133	131	128
39	143	140	137	135	132
40	147	144	141	139	136

Fûts de **200** Litres.

Mouillé.	Hauteurs au Bouge.				
	59	60	61	62	63
41	151	148	145	142	140
42	155	152	149	146	144
43	159	156	153	150	148
44	163	160	157	154	152
45	167	164	161	158	156
46	171	168	165	162	160
47	175	171	169	166	163
48	178	176	172	170	167
49	182	179	176	173	171
50	185	182	179	177	174
51	188	185	183	180	177
52	191	188	186	183	180
53	193	191	189	186	183
54	195	193	191	189	186
55	197	195	194	191	189
56	198	197	196	194	192
57	199	198	197	196	194
58	200	199	198	197	196
59	»	200	199	198	197
60	»	»	200	199	198
61	»	»	»	200	199
62	»	»	»	»	200

Fûts de **210** Litres.

Mouillé.	Hauteurs au Bouge.				
	59	60	61	62	63
1	0	0	0	0	0
2	1	1	1	1	1
3	2	2	2	2	2
4	3	3	3	3	3
5	5	5	5	5	4
6	8	8	8	7	7
7	10	10	10	9	9
8	13	13	13	12	12
9	16	16	15	15	14
10	19	19	18	18	17
11	23	22	22	21	21
12	27	26	25	24	24
13	30	29	28	28	27
14	34	33	32	32	31
15	38	37	36	35	34
16	42	41	40	39	38
17	47	46	45	44	42
18	51	50	49	48	46
19	56	54	53	52	50
20	60	58	57	56	54
21	65	63	62	61	59
22	69	67	66	65	63
23	74	72	71	70	67
24	79	77	75	74	72
25	83	82	80	78	76
26	88	86	84	82	80
27	93	91	89	87	85
28	98	95	93	91	89
29	102	100	98	96	94
30	108	105	102	100	98
31	112	110	108	105	103
32	117	115	112	110	107
33	122	119	117	114	112
34	127	124	121	119	116
35	131	128	126	123	121
36	136	133	130	128	125
37	141	138	135	132	130
38	145	143	139	136	134
39	150	147	144	140	138
40	154	152	148	145	143

Mouillé.	Hauteurs au Bouge.				
	59	60	61	62	63
41	159	156	153	149	147
42	163	160	157	154	151
43	168	164	161	158	156
44	172	169	165	162	160
45	176	173	170	166	164
46	180	177	174	171	168
47	183	181	178	175	172
48	187	184	182	178	176
49	191	188	185	182	179
50	194	191	188	186	183
51	197	194	192	189	186
52	200	197	195	192	189
53	202	200	197	195	193
54	205	202	200	198	196
55	207	205	202	201	198
56	208	207	205	203	201
57	209	208	207	205	203
58	210	209	208	207	206
59	»	210	209	208	207
60	»	»	210	209	208
61	»	»	»	210	209
62	»	»	»	»	210

Fûts de **220** Litres.							Fûts de **230** Litres				
Mouillé	**Hauteurs au Bouge.**					**Mouillé**	**Hauteurs au Bouge.**				
	60	61	62	63	64		61	62	63	64	65
1	0	0	0	0	0	1	0	0	0	0	0
2	1	1	1	1	1	2	1	1	1	1	1
3	2	2	2	2	2	3	2	2	2	2	2
4	3	3	3	3	3	4	3	3	3	3	3
5	5	5	5	5	5	5	5	5	5	5	5
6	7	7	7	7	7	6	8	7	7	7	7
7	10	10	10	9	9	7	10	10	10	9	9
8	13	13	13	12	12	8	13	13	13	12	12
9	17	16	16	15	15	9	17	16	16	15	15
10	20	19	19	18	18	10	20	19	19	18	18
11	23	22	22	22	21	11	24	23	23	22	21
12	27	26	26	25	24	12	28	27	27	26	25
13	31	30	29	28	27	13	32	31	30	29	28
14	35	34	33	32	31	14	36	35	34	33	32
15	39	38	37	36	35	15	40	39	38	37	36
16	43	42	41	40	39	16	44	43	42	41	40
17	48	47	45	44	43	17	49	47	46	45	44
18	52	51	50	48	47	18	53	51	50	49	48
19	57	56	54	53	52	19	58	56	55	54	52
20	63	60	58	57	56	20	63	61	60	59	57
21	68	65	63	61	60	21	67	65	64	63	61
22	72	69	68	66	64	22	72	70	69	67	66
23	76	74	72	70	69	23	77	75	74	72	70
24	81	79	77	75	73	24	82	80	78	77	75
25	85	83	82	80	78	25	87	85	83	81	79
26	90	88	86	84	82	26	92	90	88	86	84
27	95	93	91	89	87	27	97	95	93	91	89
28	100	98	96	94	91	28	102	99	97	95	93
29	105	103	100	98	96	29	107	104	102	100	98
30	110	108	105	103	101	30	112	109	107	105	103
31	115	112	110	108	105	31	118	115	112	110	108
32	120	117	115	112	110	32	123	121	118	115	113
33	125	122	120	117	115	33	128	126	123	120	117
34	130	127	124	122	119	34	133	131	128	125	122
35	135	132	129	126	124	35	138	136	133	130	127
36	139	137	134	131	129	36	143	140	137	135	132
37	144	141	138	136	133	37	148	145	142	139	137
38	148	146	143	140	138	38	153	150	147	144	141
39	152	151	148	145	142	39	158	155	152	149	146
40	157	155	152	150	147	40	163	160	156	153	151

Fûts de **220** Litres — suite.

Mouillé	60	61	62	63	64
41	163	160	157	154	151
42	168	164	162	159	156
43	172	169	166	163	160
44	177	173	170	167	164
45	181	178	175	172	168
46	185	182	179	176	173
47	189	186	183	180	177
48	193	190	187	184	181
49	197	194	191	188	185
50	200	198	194	192	189
51	203	201	198	195	193
52	207	204	201	198	196
53	210	207	204	202	199
54	213	210	207	205	202
55	215	213	210	208	205
56	217	215	213	211	208
57	218	217	215	213	211
58	219	218	217	215	213
59	220	219	218	217	215
60	»	220	219	218	217
61	»	»	220	219	218
62	»	»	»	220	219
63	»	»	»	»	220

Fûts de 230 Litres.

Mouillé	61	62	63	64	65
41	167	165	161	158	155
42	172	169	166	163	160
43	177	174	170	167	164
44	181	179	175	171	169
45	186	183	180	176	173
46	190	187	184	181	178
47	194	191	188	185	182
48	198	195	192	189	186
49	202	199	196	193	190
50	206	203	200	197	194
51	210	207	203	201	198
52	213	211	207	204	202
53	217	214	211	208	205
54	220	217	214	212	209
55	222	220	217	215	212
56	225	223	220	218	215
57	227	225	223	221	218
58	228	227	225	223	221
59	229	228	227	225	223
60	230	229	228	227	225
61	»	230	229	228	227
62	»	»	230	229	228
63	»	»	»	230	229
64	»	»	»	»	230

Fûts de 240 Litres.

Mouillé	62	63	64	65	66
1	0	0	0	0	0
2	1	1	1	1	1
3	2	2	2	2	2
4	3	3	3	3	3
5	5	5	5	5	5
6	8	7	7	7	7
7	11	10	10	10	10
8	14	13	13	12	12
9	17	16	16	15	15
10	20	19	19	18	18
11	24	23	23	22	21
12	28	27	26	26	25
13	32	32	31	30	29
14	36	36	35	34	33
15	40	40	39	38	37
16	45	44	43	42	41
17	49	48	47	46	45
18	54	52	51	50	49
19	58	56	55	54	53
20	63	61	60	59	58
21	68	66	65	64	62
22	73	70	69	68	66
23	78	76	74	72	71
24	83	81	79	77	76
25	88	86	84	83	81
26	94	92	90	88	86
27	99	97	95	93	91
28	104	102	100	98	96
29	109	107	105	103	100
30	114	112	110	107	105
31	120	117	115	112	110
32	126	123	120	117	115
33	131	128	125	123	120
34	136	133	130	128	125
35	141	138	135	133	130
36	146	143	140	137	135
37	152	148	145	142	140
38	157	154	150	147	144
39	162	159	156	152	149
40	167	164	161	157	154

Mouillé	62	63	64	65	66
41	172	170	166	163	159
42	177	174	171	168	164
43	182	179	175	172	169
44	186	184	180	176	174
45	191	188	185	181	178
46	195	192	189	186	182
47	200	196	193	190	187
48	204	200	197	194	191
49	208	204	201	198	195
50	212	208	205	202	199
51	216	213	209	206	203
52	220	217	214	210	207
53	223	221	217	214	211
54	226	224	221	218	215
55	229	227	224	222	219
56	232	230	227	225	222
57	235	233	230	228	225
58	237	235	233	230	228
59	238	237	235	233	230
60	239	238	237	235	233
61	240	239	238	237	235
62	»	240	239	238	237
63	»	»	240	239	238
64	»	»	»	240	239
65	»	»	»	»	240

| Fûts de **250** Litres. | | | | | | Fûts de **250** Litres. | | | | | | Fûts de **260** Litres. | | | | | |
| Mouillé. | Hauteurs au Bouge. | | | | | Mouillé. | Hauteurs au Bouge. | | | | | Mouillé. | Hauteurs au Bouge. | | | | |
	63	64	65	66	67		63	64	65	66	67		64	65	66	67	68
1	0	0	0	0	0	41	175	172	169	165	162	1	0	0	0	0	0
2	1	1	1	1	1	42	180	177	174	171	167	2	1	1	1	1	1
3	2	2	2	2	2	43	185	182	179	176	172	3	2	2	2	2	2
4	3	3	3	3	3	44	190	187	183	181	177	4	3	3	3	3	3
5	5	5	5	5	5	45	195	192	188	185	182	5	5	5	5	5	5
6	8	8	7	7	7	46	200	197	193	190	186	6	8	8	8	8	8
7	11	10	10	10	9	47	205	201	198	194	191	7	11	10	10	10	10
8	15	14	14	13	12	48	209	206	202	199	195	8	14	14	13	13	12
9	18	17	17	17	16	49	213	210	207	203	200	9	17	17	16	15	15
10	21	20	20	19	19	50	217	214	211	208	205	10	21	20	20	19	19
11	25	24	23	22	22	51	221	218	215	212	209	11	25	24	23	22	22
12	29	28	27	26	26	52	225	222	219	216	213	12	29	28	27	26	26
13	33	32	31	30	30	53	229	226	223	220	217	13	33	32	31	30	29
14	37	36	35	34	33	54	232	230	227	324	220	14	37	36	35	34	33
15	41	40	39	38	37	55	235	233	230	228	224	15	41	40	39	38	37
16	45	44	43	42	41	56	239	236	233	231	228	16	45	44	43	42	41
17	50	49	48	47	45	57	242	240	236	233	231	17	50	49	47	46	45
18	55	53	52	51	50	58	245	242	240	237	234	18	55	53	52	51	50
19	60	58	57	56	55	59	247	245	243	240	238	19	60	58	57	56	55
20	65	63	62	60	59	60	248	247	245	243	241	20	65	63	62	61	60
21	70	68	67	65	64	61	249	248	247	245	243	21	70	68	67	66	65
22	75	73	71	69	68	62	250	249	248	247	245	22	75	73	72	71	70
23	80	78	76	74	73	63	»	250	249	248	247	23	80	78	77	75	74
24	85	83	81	79	78	64	»	»	250	249	248	24	85	83	82	80	79
25	91	89	87	85	83	65	»	»	»	250	249	25	91	89	87	85	84
26	96	94	92	90	88	66	»	»	»	»	250	26	96	94	92	90	89
27	101	99	97	95	93							27	102	99	97	95	93
28	106	104	102	100	98							28	108	105	102	100	98
29	112	109	107	105	102							29	113	110	108	106	104
30	117	114	112	110	107							30	118	115	113	111	109
31	122	119	117	115	112							31	124	121	119	116	114
32	128	125	121	120	117							32	130	127	124	121	119
33	133	131	128	125	122							33	136	133	130	127	125
34	138	136	133	130	128							34	142	139	136	133	130
35	144	141	138	135	133							35	147	145	141	139	135
36	149	146	143	140	138							36	152	150	147	144	141
37	154	151	148	145	143							37	158	155	152	149	146
38	159	156	153	150	148							38	164	161	158	154	151
39	165	161	158	155	152							39	169	166	163	160	156
40	170	167	163	160	157							40	175	171	168	165	162

Fûts de **260** Litres.

Mouillé	64	65	66	67	68
41	180	177	173	170	167
42	185	182	178	175	171
43	190	187	183	180	176
44	195	192	188	185	181
45	200	197	193	189	186
46	205	202	198	194	190
47	210	207	203	199	195
48	215	211	208	204	200
49	219	216	213	209	205
50	223	220	217	214	210
51	227	224	221	218	215
52	231	228	225	222	219
53	235	232	229	226	223
54	239	236	233	230	227
55	243	240	237	234	231
56	246	243	240	238	234
57	249	246	244	241	238
58	252	250	247	245	241
59	255	252	250	247	245
60	257	255	252	250	248
61	258	257	255	252	250
62	259	258	257	255	252
63	260	259	258	257	255
64	»	260	259	258	257
65	»	»	260	259	258
66	»	»	»	260	259
67	»	»	»	»	260

Fûts de **270** Litres.

Mouillé	64	65	66	67	68
1	0	0	0	0	0
2	1	1	1	1	1
3	2	2	2	2	2
4	3	3	3	3	3
5	5	5	5	5	5
6	8	8	8	7	7
7	11	11	11	10	10
8	14	14	14	13	13
9	17	17	17	16	16
10	21	21	21	20	19
11	25	24	24	23	23
12	29	28	28	27	27
13	34	33	32	31	31
14	38	37	36	35	35
15	43	41	40	39	39
16	48	46	45	44	44
17	53	51	50	49	48
18	58	56	55	54	53
19	63	62	60	59	58
20	68	67	65	64	62
21	73	72	70	69	67
22	78	77	75	74	72
23	84	82	81	79	77
24	89	87	86	84	82
25	95	93	91	89	87
26	101	99	96	94	92
27	106	104	102	99	97
28	112	109	107	104	102
29	118	115	112	109	107
30	124	121	117	115	113
31	129	126	123	120	118
32	135	132	129	126	123
33	141	138	135	132	129
34	146	144	141	138	135
35	152	149	147	144	141
36	158	155	153	150	147
37	164	161	158	155	152
38	169	166	163	161	157
39	175	171	168	166	163
40	181	177	174	171	168
41	186	183	179	176	173
42	192	188	184	181	178
43	197	193	189	186	183
44	202	198	195	191	188
45	207	203	200	196	193
46	212	208	205	201	198
47	217	214	210	206	203
48	222	219	215	211	208
49	227	224	220	216	212
50	232	229	225	221	217
51	236	233	230	226	222
52	241	237	234	231	226
53	245	242	238	235	231
54	249	246	242	239	235
55	253	249	246	243	239
56	256	253	249	247	243
57	259	256	253	250	247
58	262	259	256	254	251
59	265	262	259	257	254
60	267	265	262	260	257
61	268	267	265	263	260
62	269	268	267	265	263
63	270	269	268	267	265
64	»	270	269	268	267
65	»	»	270	269	268
66	»	»	»	270	269
67	»	»	»	»	270

Fûts de 280 Litres

Hauteurs au Bouge.

Mouillé	66	67	68	69	70	Mouillé	66	67	68	69	70
1	0	0	0	0	0	41	186	182	179	177	173
2	1	1	1	1	1	42	191	188	184	182	179
3	2	2	2	2	2	43	196	193	190	187	184
4	3	3	3	3	3	44	202	198	195	192	189
5	5	5	5	5	5	45	208	204	200	197	194
6	8	8	8	8	8	46	213	210	205	202	199
7	11	11	11	10	10	47	218	215	211	207	204
8	14	14	14	13	13	48	223	219	216	213	209
9	17	17	17	16	16	49	228	224	220	218	214
10	21	21	20	20	19	50	233	229	225	222	219
11	25	27	24	24	23	51	238	234	230	227	223
12	29	29	28	28	27	52	243	239	235	231	228
13	33	33	32	31	31	53	247	243	240	236	232
14	37	37	36	35	35	54	251	247	244	241	237
15	42	41	40	39	39	55	255	251	248	245	241
16	47	46	45	44	43	56	259	255	252	249	245
17	52	51	50	49	48	57	263	259	256	252	249
18	57	56	55	53	52	58	266	263	260	256	253
19	62	61	60	58	57	59	269	266	263	260	257
20	67	65	64	62	61	60	272	269	266	264	261
21	72	70	69	67	66	61	275	272	269	267	264
22	78	76	75	73	71	62	277	275	272	270	267
23	84	82	80	78	76	63	278	277	275	272	270
24	89	87	85	83	81	64	279	278	277	275	272
25	94	92	90	88	86	65	280	279	278	277	275
26	100	98	96	93	91	66	»	280	279	278	277
27	106	103	101	98	96	67	»	»	280	279	278
28	111	108	106	103	101	68	»	»	»	280	279
29	117	114	111	109	107	69	»	»	»	»	280
30	123	120	117	115	112						
31	128	125	122	120	118						
32	134	131	128	125	123						
33	140	137	134	131	129						
34	146	143	140	137	134						
35	152	149	146	143	140						
36	157	155	152	149	146						
37	163	160	158	155	151						
38	169	166	163	160	157						
39	174	172	169	165	162						
40	180	177	174	171	168						

Fûts de 290 Litres

Hauteurs au Bouge.

Mouillé	67	68	69	70	71
1	0	0	0	0	0
2	1	1	1	1	1
3	2	2	2	2	2
4	3	3	3	3	3
5	5	5	5	5	5
6	8	8	7	7	7
7	11	11	10	10	10
8	14	14	13	13	13
9	17	17	17	16	16
10	21	21	20	19	19
11	25	25	24	23	23
12	29	29	28	28	27
13	34	33	32	32	31
14	39	37	36	36	35
15	43	42	41	40	39
16	48	47	45	44	44
17	53	51	50	49	48
18	58	56	55	54	53
19	63	61	60	59	58
20	68	66	65	64	63
21	73	71	70	69	68
22	79	77	75	74	73
23	84	82	81	79	78
24	90	88	86	84	83
25	95	93	92	90	88
26	101	99	97	95	93
27	106	104	103	100	98
28	112	110	108	106	104
29	118	116	114	112	109
30	124	121	119	117	114
31	130	127	125	123	120
32	136	133	130	128	126
33	142	139	136	133	131
34	148	145	142	139	136
35	154	151	148	145	142
36	160	157	154	151	148
37	166	163	160	157	154
38	172	169	165	162	159
39	178	174	171	167	164
40	184	180	176	173	170

Fûts de 290 Litres.

Mouillé	Hauteurs au Bouge.				
	67	68	69	70	71
41	189	186	182	178	176
42	195	191	187	184	181
43	200	197	193	190	186
44	206	202	198	195	192
45	211	208	204	200	197
46	217	213	209	206	202
47	222	219	215	211	207
48	227	224	220	216	212
49	232	229	225	221	217
50	237	234	230	226	222
51	242	239	235	231	227
52	247	243	240	236	232
53	251	248	245	241	237
54	256	253	249	246	242
55	261	257	254	250	246
56	265	261	258	254	251
57	269	265	262	258	255
58	273	269	266	262	259
59	276	273	270	267	263
60	279	276	273	271	267
61	282	279	277	274	271
62	285	282	280	277	274
63	287	285	283	280	277
64	288	287	285	283	280
65	289	288	287	285	283
66	290	289	288	287	285
67	»	290	289	288	287
68	»	»	290	289	288
69	»	»	»	290	289
70	»	»	»	»	290

Fûts de 300 Litres.

Mouillé	Hauteurs au Bouge.				
	68	69	70	71	72
1	0	0	0	0	0
2	1	1	1	1	1
3	2	2	2	2	2
4	3	3	3	3	3
5	5	5	5	5	5
6	8	8	7	7	7
7	11	11	10	10	10
8	14	14	13	13	13
9	18	17	17	16	16
10	22	21	20	20	19
11	26	25	24	24	23
12	30	29	28	28	27
13	34	33	32	32	31
14	39	38	37	36	35
15	44	43	42	41	40
16	49	48	47	45	44
17	54	53	52	50	49
18	59	58	57	55	54
19	64	63	62	60	59
20	69	68	67	65	63
21	74	73	72	70	68
22	79	78	77	75	73
23	85	83	82	80	78
24	91	89	87	85	83
25	97	95	93	91	89
26	102	100	98	96	94
27	108	106	104	102	100
28	114	112	110	107	105
29	120	118	116	113	111
30	126	124	121	118	116
31	132	130	127	124	122
32	138	135	132	130	127
33	144	141	138	135	133
34	150	147	144	141	138
35	156	153	150	147	144
36	162	159	156	153	150
37	168	165	162	159	156
38	174	170	168	165	162
39	180	176	173	170	167
40	186	182	179	176	173
41	192	188	184	182	178
42	198	194	190	187	184
43	203	200	196	193	189
44	209	205	202	198	195
45	215	211	207	204	200
46	221	217	213	209	206
47	226	222	218	215	211
48	231	227	223	220	217
49	236	232	228	225	222
50	241	237	233	230	227
51	246	242	238	235	232
52	251	247	243	240	237
53	256	252	248	245	241
54	261	257	253	250	246
55	266	262	258	255	251
56	270	267	263	259	256
57	274	271	268	264	260
58	278	275	272	268	265
59	282	279	276	272	269
60	286	283	280	276	273
61	289	286	284	280	277
62	292	289	287	284	281
63	295	292	290	287	284
64	297	295	293	290	287
65	298	297	295	293	290
66	299	298	297	295	293
67	300	299	298	297	295
68	»	300	299	298	297
69	»	»	300	299	298
70	»	»	»	300	299
71	»	»	»	»	300

Fûts de 310 Litres.

Mouillé	Hauteurs au Bouge.					Mouillé	Hauteurs au Bouge.				
	69	70	71	72	73		69	70	71	72	73
1	0	0	0	0	0	41	194	191	188	184	181
2	1	1	1	1	1	42	200	197	194	190	186
3	2	2	2	2	2	43	206	203	200	196	192
4	3	3	3	3	3	44	212	208	205	202	198
5	5	5	5	5	5	45	218	214	211	207	204
6	8	8	7	7	7	46	224	220	216	213	209
7	11	11	10	10	10	47	230	226	222	218	215
8	14	14	13	13	13	48	235	232	227	224	220
9	18	17	17	16	16	49	241	237	233	229	226
10	22	21	21	20	20	50	246	242	238	235	231
11	26	25	25	24	24	51	251	247	243	240	236
12	30	29	29	28	28	52	256	253	248	245	241
13	35	34	33	32	32	53	261	258	254	250	246
14	39	38	37	36	36	54	266	263	259	255	251
15	44	43	42	41	40	55	271	267	264	260	256
16	49	47	46	45	44	56	275	272	268	265	261
17	54	52	51	50	49	57	280	276	273	269	266
18	59	57	56	55	54	58	284	281	277	274	270
19	64	63	62	60	59	59	288	285	281	278	274
20	69	68	67	65	64	60	292	289	285	282	278
21	75	73	72	70	69	61	296	293	289	286	282
22	80	78	77	75	74	62	299	296	293	290	286
23	86	84	83	81	79	63	302	299	297	294	290
24	92	90	88	86	84	64	305	302	300	297	294
25	98	96	94	92	90	65	307	305	303	300	297
26	104	102	99	97	95	66	308	307	305	303	300
27	110	107	105	103	101	67	309	308	307	305	303
28	116	113	110	108	106	68	310	309	308	307	305
29	122	119	116	114	112	69	»	310	309	308	307
30	128	125	122	120	118	70	»	»	310	309	308
31	134	131	128	126	124	71	»	»	»	310	309
32	140	137	134	131	129	72	»	»	»	»	310
33	146	143	140	137	135						
34	152	149	146	143	140						
35	158	155	152	149	146						
36	164	161	158	155	152						
37	170	167	164	161	158						
38	176	173	170	167	164						
39	182	179	176	173	170						
40	188	185	182	179	175						

Fûts de 320 Litres.

Mouillé	Hauteurs au Bouge.				
	70	71	72	73	74
1	0	0	0	0	0
2	1	1	1	1	1
3	2	2	2	2	2
4	3	3	3	3	3
5	5	5	5	5	5
6	8	8	7	7	7
7	11	11	10	10	10
8	14	14	13	13	13
9	18	17	16	16	16
10	22	21	20	20	20
11	26	25	24	24	23
12	30	29	28	28	27
13	34	33	32	32	31
14	39	38	37	36	35
15	44	43	42	41	40
16	49	48	47	46	45
17	54	53	52	50	49
18	59	58	57	55	54
19	64	63	62	60	59
20	70	69	68	66	65
21	76	74	73	71	70
22	82	80	78	76	75
23	87	85	83	81	80
24	93	91	89	87	85
25	99	97	95	93	91
26	105	103	101	99	97
27	111	108	106	104	102
28	117	114	112	110	108
29	123	120	118	116	113
30	129	126	124	122	119
31	135	132	130	128	126
32	141	138	136	134	131
33	147	144	142	139	136
34	153	150	148	145	142
35	160	157	154	151	148
36	167	163	160	157	154
37	173	170	166	163	160
38	179	176	172	169	166
39	185	182	178	175	172
40	191	188	184	181	178

Fûts de **320** Litres.

Mouillé	Hauteurs au Bouge.				
	70	71	72	73	74
41	197	194	190	186	184
42	203	200	196	192	189
43	209	206	202	198	194
44	215	212	208	204	201
45	221	217	214	210	207
46	227	223	219	216	212
47	233	229	225	221	218
48	238	235	231	227	223
49	244	240	237	233	229
50	250	246	242	239	235
51	256	251	247	244	240
52	261	257	252	249	245
53	266	262	258	254	250
54	271	267	263	260	255
55	276	272	268	265	261
56	281	277	273	270	266
57	286	282	278	274	271
58	290	287	283	279	275
59	294	291	288	284	280
60	298	295	292	288	285
61	302	299	296	292	289
62	306	303	300	296	293
63	309	306	304	300	297
64	312	309	307	304	300
65	315	312	310	307	304
66	317	315	313	310	307
67	318	317	315	313	310
68	319	318	317	315	313
69	320	319	318	317	315
70	»	320	319	318	317
71	»	»	320	319	318
72	»	»	»	320	319
73	»	»	»	»	320

Fûts de **330** Litres.

Mouillé	Hauteurs au Bouge.				
	70	71	72	73	74
1	0	0	0	0	0
2	1	1	1	1	1
3	2	2	2	2	2
4	3	3	3	3	3
5	5	5	5	5	5
6	8	8	7	7	7
7	11	11	10	10	10
8	15	15	14	14	13
9	18	18	17	17	16
10	22	22	21	21	20
11	26	26	25	25	24
12	31	30	29	29	28
13	36	35	34	33	32
14	41	40	39	38	37
15	46	45	44	43	41
16	51	50	49	48	46
17	56	55	54	53	51
18	61	60	59	58	56
19	66	65	64	63	61
20	72	71	70	68	66
21	78	76	75	73	71
22	84	82	80	78	77
23	90	88	86	84	82
24	96	94	92	90	88
25	102	100	98	96	94
26	108	106	104	102	100
27	114	112	110	108	106
28	120	118	116	114	112
29	126	124	122	120	117
30	133	130	128	126	123
31	139	136	134	132	129
32	146	142	140	138	135
33	152	149	146	144	141
34	159	155	152	150	147
35	165	162	158	156	153
36	171	168	165	162	159
37	178	175	172	168	165
38	184	181	178	174	171
39	191	188	184	180	177
40	197	194	190	186	183
41	204	200	196	192	189
42	210	206	202	198	195
43	216	212	208	204	201
44	222	218	214	210	207
45	228	224	220	216	213
46	234	230	226	222	218
47	240	236	232	228	224
48	246	242	238	234	230
49	252	248	244	240	236
50	258	254	250	246	242
51	264	259	255	252	248
52	269	265	260	257	253
53	274	270	266	262	259
54	279	275	271	267	264
55	284	280	276	272	269
56	289	285	281	277	274
57	294	290	286	282	279
58	299	295	291	287	284
59	304	300	296	292	289
60	308	304	301	297	293
61	312	308	305	301	298
62	315	312	309	305	302
63	319	315	313	309	306
64	322	319	316	313	310
65	325	322	320	316	314
66	327	325	323	320	317
67	328	327	325	323	320
68	329	328	327	325	323
69	330	329	328	327	325
70	»	330	329	328	327
71	»	»	330	329	328
72	»	»	»	330	329
73	»	»	»	»	330

| Fûts de **340** Litres. | | | | | | | Fûts de **350** Litres. | | | | |

Mouillé	Hauteurs au Bouge.					Mouillé	Hauteurs au Bouge.					Mouillé	Hauteurs au Bouge.				
	71	72	73	74	75		71	72	73	74	75		71	72	73	74	75
1	0	0	0	0	0	41	206	203	198	195	192	1	0	0	0	0	0
2	1	1	1	1	1	42	212	209	205	201	198	2	1	1	1	1	1
3	2	2	2	2	2	43	218	215	211	207	203	3	2	2	2	2	2
4	3	3	3	3	3	44	225	221	217	213	210	4	3	3	3	3	3
5	5	5	5	5	5	45	231	227	223	219	216	5	5	5	5	5	5
6	8	8	8	7	7	46	237	233	229	225	222	6	8	8	8	7	7
7	11	11	11	10	10	47	243	239	235	231	227	7	11	11	11	10	10
8	14	14	14	13	13	48	250	245	241	237	233	8	15	15	15	14	14
9	18	18	18	17	16	49	256	251	247	243	239	9	18	18	18	17	17
10	22	22	22	21	20	50	262	257	253	249	245	10	21	21	21	21	21
11	26	26	26	25	24	51	268	263	259	255	251	11	26	26	26	25	25
12	31	30	30	29	28	52	274	269	265	261	257	12	31	31	31	30	29
13	35	34	34	33	32	53	280	275	270	267	262	13	36	35	35	34	33
14	40	39	39	38	37	54	285	281	276	272	268	14	42	41	40	39	38
15	45	44	44	43	42	55	290	286	281	278	273	15	47	45	45	44	43
16	50	49	49	48	47	56	295	291	286	283	279	16	52	51	50	49	48
17	55	54	54	53	51	57	300	296	291	287	284	17	58	56	55	54	53
18	60	59	59	57	56	58	305	301	296	292	289	18	64	62	61	59	58
19	66	65	64	62	61	59	309	306	301	297	293	19	70	68	66	64	63
20	72	71	70	68	67	60	314	310	306	302	298	20	76	74	72	70	69
21	78	77	75	73	72	61	318	314	310	307	303	21	82	80	78	76	74
22	84	83	81	79	78	62	322	318	314	311	308	22	88	86	84	82	80
23	90	89	87	85	83	63	326	322	318	315	312	23	94	92	90	88	86
24	97	95	93	91	89	64	329	326	322	319	316	24	100	98	96	94	92
25	105	101	99	97	96	65	332	329	326	323	320	25	106	104	102	100	98
26	109	107	105	103	101	66	335	332	329	327	324	26	113	110	108	106	104
27	115	113	111	109	107	67	337	335	332	330	327	27	119	116	114	112	110
28	122	119	117	115	113	68	338	337	335	333	330	28	125	123	121	118	116
29	128	125	123	121	118	69	339	338	337	335	333	29	131	129	127	124	122
30	134	131	129	127	124	70	340	339	338	337	335	30	138	135	133	130	128
31	140	137	135	133	130	71	»	340	339	338	337	31	145	142	139	136	134
32	147	144	142	139	137	72	»	»	340	339	338	32	152	149	146	143	140
33	153	150	148	145	142	73	»	»	»	340	339	33	158	155	152	149	147
34	160	157	154	151	148	74	»	»	»	»	340	34	165	161	158	155	151
35	167	164	160	157	154							35	172	168	165	162	159
36	173	170	167	164	161							36	178	175	172	168	165
37	180	176	173	170	167							37	185	182	178	175	172
38	187	183	180	176	173							38	192	189	185	182	178
39	193	190	186	183	179							39	198	195	192	188	185
40	200	198	192	189	186							40	205	201	198	195	191

Fûts de 350 Litres.

Mouillé	71	72	73	74	75
41	212	208	204	201	197
42	219	215	211	207	203
43	225	221	217	214	209
44	231	227	223	220	216
45	237	234	229	226	222
46	244	240	236	232	228
47	250	246	242	238	234
48	256	252	248	244	240
49	262	258	254	250	246
50	268	264	260	256	252
51	274	270	266	262	258
52	280	276	272	268	264
53	286	282	278	274	270
54	292	288	284	280	276
55	298	294	289	286	281
56	303	299	295	291	287
57	308	304	300	296	292
58	314	309	305	301	297
59	319	315	310	306	302
60	324	319	315	311	307
61	329	324	319	316	312
62	332	329	324	320	317
63	335	332	329	325	321
64	339	335	332	329	325
65	342	339	336	333	329
66	345	342	339	336	333
67	347	345	342	340	336
68	348	347	345	343	340
69	349	348	347	345	343
70	350	349	348	347	345
71	»	350	349	348	347
72	»	»	350	349	348
73	»	»	»	350	349
74	»	»	»	»	350

Fûts de 360 Litres.

Mouillé	71	72	73	74	75
1	0	0	0	0	0
2	1	1	1	1	1
3	2	2	2	2	2
4	3	3	3	3	3
5	5	5	5	5	5
6	8	8	8	8	8
7	12	11	11	11	11
8	16	15	15	14	14
9	19	18	18	18	18
10	23	22	22	22	22
11	28	27	27	26	26
12	33	32	32	31	30
13	38	37	36	35	34
14	43	42	41	40	39
15	48	47	46	45	44
16	54	53	52	51	50
17	60	58	57	56	55
18	66	64	63	61	60
19	72	70	68	66	65
20	78	76	74	72	71
21	84	82	80	78	77
22	90	88	86	84	83
23	96	94	92	90	89
24	103	100	98	96	95
25	109	106	104	102	101
26	116	113	111	109	107
27	122	119	117	115	113
28	129	126	124	121	119
29	135	132	130	127	125
30	142	139	137	134	131
31	149	146	143	140	137
32	156	153	150	146	143
33	163	160	156	153	150
34	170	166	163	160	156
35	177	173	170	166	163
36	183	180	177	173	170
37	190	187	183	180	177
38	197	194	190	187	183
39	204	200	197	194	190
40	211	207	204	200	197

Mouillé	71	72	73	74	75
41	218	214	210	207	204
42	225	221	217	214	210
43	231	228	123	220	217
44	238	234	230	226	223
45	244	241	236	233	229
46	251	247	243	239	235
47	257	254	249	245	241
48	264	260	256	251	247
49	270	266	262	258	253
50	276	272	268	264	259
51	282	278	274	270	265
52	288	284	280	276	271
53	294	290	286	282	277
54	300	296	292	288	283
55	306	302	297	294	289
56	312	307	303	299	295
57	317	313	308	304	300
58	322	318	314	309	305
59	327	323	319	315	310
60	332	328	324	320	316
61	337	333	328	325	321
62	341	338	333	329	326
63	344	342	338	334	330
64	348	345	342	338	334
65	352	349	345	342	338
66	355	352	349	346	342
67	357	355	352	349	346
68	358	357	355	352	349
69	359	358	357	355	352
70	360	359	358	357	355
71	»	360	359	358	357
72	»	»	360	359	358
73	»	»	»	360	359
74	»	»	»	»	360

	Fûts de **370** Litres.						Fûts de **370** Litres.						Fûts de **380** Litres.				
Mouillé	**Hauteurs au Bouge.**					**Mouillé**	**Hauteurs au Bouge.**					**Mouillé**	**Hauteurs au Bouge.**				
	72	73	74	75	76		72	73	74	75	76		72	73	74	75	76
1	0	0	0	0	0	41	220	216	212	208	205	1	0	0	0	0	0
2	1	1	1	1	1	42	227	223	219	215	212	2	1	1	1	1	1
3	2	2	2	2	2	43	233	230	225	222	218	3	2	2	2	2	2
4	3	3	3	3	3	44	240	236	232	228	225	4	3	3	3	3	3
5	5	5	5	5	5	45	247	243	239	235	231	5	5	5	5	5	5
6	8	8	8	8	8	46	254	249	246	241	237	6	8	8	8	8	8
7	12	12	11	11	11	47	260	256	252	248	243	7	12	12	12	11	11
8	16	16	15	15	15	48	267	263	259	255	250	8	16	15	15	14	14
9	20	20	19	18	18	49	274	269	265	261	257	9	20	19	19	19	18
10	24	24	23	22	22	50	280	276	271	267	263	10	24	23	23	22	22
11	28	28	27	26	26	51	286	282	277	273	269	11	29	28	28	27	26
12	33	32	32	31	30	52	292	288	283	279	275	12	34	33	33	32	31
13	38	37	37	36	35	53	298	294	289	285	281	13	39	38	38	37	36
14	43	42	42	41	40	54	304	300	295	291	287	14	44	43	43	42	41
15	49	48	47	46	45	55	310	306	301	297	293	15	50	49	48	47	46
16	54	53	52	51	50	56	316	312	307	303	299	16	56	55	53	52	51
17	60	58	57	56	55	57	321	317	313	309	304	17	62	61	59	57	56
18	66	64	63	61	60	58	327	322	318	314	310	18	68	67	65	63	61
19	72	70	69	67	66	59	332	328	323	319	315	19	74	73	71	69	67
20	78	76	75	73	71	60	337	333	328	324	320	20	80	79	77	75	73
21	84	82	81	79	77	61	342	338	333	329	325	21	86	85	83	81	79
22	90	88	87	85	83	62	346	342	338	334	330	22	93	91	89	87	85
23	96	94	93	91	89	63	350	346	343	339	335	23	100	97	95	93	91
24	103	101	99	97	95	64	354	350	347	344	340	24	106	103	101	99	97
25	110	107	105	103	101	65	358	354	351	348	344	25	113	110	108	106	104
26	116	114	111	109	107	66	362	358	355	352	348	26	120	117	115	112	110
27	123	121	118	115	113	67	365	362	359	355	352	27	127	124	122	119	117
28	130	127	124	122	120	68	367	365	362	359	355	28	133	131	128	125	123
29	137	134	131	129	127	69	368	367	365	362	359	29	140	138	135	132	130
30	143	140	138	135	133	70	369	368	367	365	362	30	147	145	142	139	136
31	150	147	145	142	139	71	370	369	368	367	365	31	154	152	149	146	143
32	157	154	151	148	145	72	»	370	369	368	367	32	161	159	156	152	149
33	164	161	158	155	152	73	»	»	370	369	368	33	168	165	162	159	156
34	171	168	164	162	158	74	»	»	»	370	369	34	175	172	169	166	163
35	178	174	171	168	165	75	»	»	»	»	370	35	182	179	176	173	170
36	185	181	178	174	171							36	190	186	183	179	176
37	192	189	185	181	178							37	198	194	190	186	183
38	199	196	192	189	185							38	205	201	197	194	190
39	206	202	199	196	192							39	212	208	204	201	197
40	213	209	206	202	199							40	219	215	211	207	204

Fûts de 380 Litres.

Mouillé.	Hauteurs au Bouge.				
	72	73	74	75	76
41	226	221	218	214	210
42	233	228	224	221	217
43	240	235	231	228	224
44	247	242	238	234	231
45	253	249	245	241	237
46	260	256	252	248	244
47	267	263	258	255	250
48	274	270	265	261	257
49	280	277	272	268	263
50	287	283	279	274	270
51	294	289	285	281	276
52	300	295	291	287	283
53	306	301	297	293	289
54	312	307	303	299	295
55	318	313	309	305	301
56	324	319	315	311	307
57	330	325	321	317	313
58	336	331	327	323	319
59	341	337	332	328	324
60	346	342	337	333	329
61	351	347	342	338	334
62	356	352	347	343	339
63	360	357	352	348	344
64	364	361	357	353	349
65	368	365	361	358	354
66	372	368	365	361	358
67	375	372	368	366	362
68	377	375	372	369	366
69	378	377	375	372	369
70	379	378	377	375	372
71	380	379	378	377	375
72	»	380	379	378	377
73	»	»	380	379	378
74	»	»	»	380	379
75	»	»	»	»	380

Fûts de 390 Litres.

Mouillé.	Hauteurs au Bouge.				
	72	73	74	75	76
1	0	0	0	0	0
2	1	1	1	1	1
3	2	2	2	2	2
4	3	3	3	3	3
5	6	6	5	5	5
6	9	9	8	8	8
7	12	12	12	12	11
8	16	16	16	15	15
9	20	20	20	19	19
10	25	24	24	23	23
11	30	29	29	28	27
12	35	34	34	33	32
13	40	39	39	38	37
14	45	44	44	43	42
15	51	50	49	48	47
16	57	55	54	53	52
17	63	61	60	59	58
18	69	67	66	65	64
19	76	74	73	71	70
20	82	80	79	77	76
21	89	87	85	83	82
22	95	93	91	89	88
23	102	100	98	96	94
24	109	106	104	102	100
25	116	113	111	108	106
26	123	120	118	115	112
27	130	127	125	122	118
28	137	134	131	129	125
29	144	141	138	136	133
30	151	148	145	143	140
31	158	155	152	150	147
32	165	162	159	156	153
33	173	170	167	163	160
34	180	177	174	170	167
35	188	184	181	177	174
36	195	191	188	184	181
37	202	199	195	191	188
38	210	206	202	199	195
39	217	213	209	206	202
40	225	220	216	213	209

Mouillé.	Hauteurs au Bouge.				
	72	73	74	75	76
41	232	228	223	220	216
42	239	235	231	227	223
43	246	242	238	234	230
44	253	249	245	240	237
45	260	256	252	247	243
46	267	263	259	254	250
47	274	270	265	261	257
48	281	277	272	268	265
49	288	284	279	275	272
50	295	290	286	282	278
51	301	297	292	288	284
52	308	303	299	294	290
53	314	310	305	301	296
54	321	316	311	307	302
55	327	323	317	313	308
56	333	329	324	319	314
57	339	335	330	325	320
58	345	340	336	331	326
59	350	346	341	337	332
60	355	351	346	342	338
61	360	356	351	347	343
62	365	361	356	352	348
63	370	366	361	357	353
64	374	370	366	362	358
65	378	374	370	367	363
66	381	378	374	371	367
67	384	381	378	375	371
68	387	384	382	378	375
69	388	387	385	382	379
70	389	388	387	385	382
71	390	389	388	387	385
72	»	390	389	388	387
73	»	»	390	389	388
74	»	»	»	390	389
75	»	»	»	»	390

Fûts de **400** Litres.

Mouillé	Hauteurs au Bouge.					Mouillé	Hauteurs au Bouge.				
	74	75	76	77	78		74	75	76	77	78
1	0	0	0	0	0	41	230	226	222	218	214
2	1	1	1	1	1	42	237	233	229	225	221
3	2	2	2	2	2	43	244	240	236	232	228
4	3	3	3	3	3	44	251	247	243	238	235
5	5	5	5	5	5	45	258	254	249	245	241
6	8	8	8	8	8	46	265	261	256	252	248
7	12	12	11	11	11	47	272	268	263	259	255
8	16	15	14	14	14	48	279	275	270	266	262
9	20	19	19	18	18	49	286	282	277	273	269
10	25	24	23	22	22	50	293	288	284	279	276
11	30	29	28	27	27	51	300	295	290	286	282
12	35	34	33	32	31	52	307	302	297	293	289
13	40	39	38	37	36	53	313	309	304	300	295
14	45	44	43	42	41	54	320	315	310	306	302
15	50	49	48	47	46	55	326	322	316	312	308
16	56	54	53	52	51	56	332	328	323	318	314
17	62	60	59	58	57	57	338	334	329	324	320
18	68	66	65	64	62	58	344	340	335	330	326
19	74	72	71	70	68	59	350	346	341	336	332
20	80	78	77	76	74	60	355	351	347	342	338
21	87	85	84	82	80	61	360	356	352	348	343
22	93	91	90	88	86	62	365	361	357	353	349
23	100	98	96	94	92	63	370	366	362	358	354
24	107	105	103	100	98	64	375	371	367	363	359
25	114	112	110	107	105	65	380	376	372	368	364
26	121	118	116	114	111	66	384	381	377	373	369
27	128	125	123	121	118	67	388	385	381	378	373
28	135	132	130	127	124	68	392	388	386	382	378
29	142	139	137	134	131	69	395	392	389	386	382
30	149	146	144	141	138	70	397	395	392	389	386
31	156	153	151	148	145	71	398	397	395	392	389
32	163	160	157	155	152	72	399	398	397	395	392
33	170	167	164	162	159	73	400	399	398	397	395
34	177	174	171	168	165	74	»	400	399	398	397
35	185	182	178	175	172	75	»	»	400	399	398
36	192	189	185	182	179	76	»	»	»	400	399
37	200	196	192	189	186	77	»	»	»	»	400
38	208	204	200	196	193						
39	215	211	208	204	200						
40	223	218	215	211	207						

Fûts de **410** Litres.

Mouillé	Hauteurs au Bouge.				
	74	75	76	77	78
1	0	0	0	0	0
2	1	1	1	1	1
3	2	2	2	2	2
4	3	3	3	3	3
5	5	5	5	5	5
6	9	9	8	8	8
7	13	13	12	11	11
8	17	17	16	15	15
9	21	21	20	19	19
10	25	25	24	23	23
11	30	29	28	27	27
12	35	34	33	32	32
13	40	39	39	38	37
14	46	45	44	43	42
15	52	50	49	48	47
16	58	56	55	53	52
17	64	62	61	59	58
18	70	68	67	65	64
19	76	74	73	71	70
20	82	80	79	77	76
21	89	87	86	84	82
22	96	94	92	90	88
23	103	101	99	97	95
24	110	108	105	103	101
25	117	115	112	110	108
26	124	122	119	116	114
27	131	129	126	123	121
28	138	136	133	130	128
29	145	143	140	137	135
30	152	150	147	144	142
31	160	157	155	152	149
32	167	164	162	159	156
33	175	172	169	166	163
34	182	179	176	173	170
35	190	186	183	180	177
36	197	193	190	187	184
37	205	201	197	194	191
38	213	209	205	201	198
39	220	217	213	209	205
40	228	224	220	216	212

Fûts de **410** Litres

Mouillé	74	75	76	77	78
41	235	231	227	223	219
42	243	238	234	230	226
43	250	246	241	237	233
44	258	253	248	244	240
45	265	260	255	251	247
46	272	267	263	258	254
47	279	274	270	266	261
48	286	281	277	273	268
49	293	288	284	280	275
50	300	295	291	287	282
51	307	302	298	294	289
52	314	309	305	300	296
53	321	316	311	307	302
54	328	323	318	313	309
55	334	330	324	320	315
56	340	336	331	326	322
57	346	342	337	333	328
58	352	348	343	339	334
59	358	354	349	345	340
60	364	360	355	351	346
61	370	365	361	357	352
62	375	371	366	362	358
63	380	376	371	367	363
64	385	381	377	372	368
65	389	385	382	378	373
66	393	389	386	383	378
67	397	393	390	387	383
68	401	397	394	391	387
69	405	404	398	395	391
70	407	405	402	399	395
71	408	407	405	402	399
72	409	408	407	405	402
73	410	409	408	407	405
74	»	410	409	408	407
75	»	»	410	409	408
76	»	»	»	410	409
77	»	»	»	»	410

Fûts de **420** Litres.

Hauteurs au Bouge.

Mouillé	74	75	76	77	78
1	0	0	0	0	0
2	1	1	1	1	1
3	2	2	2	2	2
4	3	3	3	3	3
5	5	5	5	5	5
6	9	9	8	8	8
7	13	13	12	11	11
8	17	17	16	15	15
9	21	21	20	19	19
10	26	25	24	24	24
11	31	30	29	28	28
12	36	35	34	33	33
13	42	40	39	38	38
14	47	46	45	44	43
15	53	52	51	49	48
16	59	58	56	55	54
17	65	64	62	61	60
18	71	70	68	67	66
19	78	76	75	73	72
20	85	83	81	79	78
21	92	90	88	86	84
22	98	96	94	93	91
23	105	103	101	100	98
24	112	110	108	106	104
25	120	117	115	113	110
26	127	124	122	120	117
27	134	131	129	127	124
28	141	138	136	134	131
29	149	146	144	141	138
30	156	153	151	148	145
31	164	161	158	155	152
32	171	168	165	162	159
33	179	176	173	169	166
34	186	183	180	176	173
35	194	191	188	184	181
36	202	198	195	191	188
37	210	206	202	198	195
38	218	214	210	206	202
39	226	222	218	214	210
40	234	229	225	222	218

Hauteurs au Bouge.

Mouillé	74	75	76	77	78
41	241	237	232	229	225
42	249	244	240	236	232
43	256	252	247	244	239
44	264	259	255	251	247
45	271	267	262	258	254
46	279	274	269	265	261
47	286	282	276	272	268
48	293	289	284	279	275
49	300	296	291	286	282
50	308	303	298	293	289
51	315	310	305	300	296
52	322	317	312	307	303
53	328	324	319	314	310
54	335	330	326	320	316
55	342	337	332	327	322
56	349	344	339	334	329
57	355	350	345	341	336
58	361	356	352	347	342
59	367	362	358	353	348
60	373	368	364	359	354
61	378	374	369	365	360
62	384	380	375	371	366
63	389	385	381	376	372
64	394	390	386	382	377
65	399	395	391	387	382
66	403	399	396	392	387
67	407	403	400	396	392
68	411	407	404	401	396
69	415	411	408	405	401
70	417	415	412	409	405
71	418	417	415	412	409
72	419	418	417	415	412
73	420	419	418	417	415
74	»	420	419	418	417
75	»	»	420	419	418
76	»	»	»	420	419
77	»	»	»	»	420

Fûts de **430** Litres.

Mouillé	Hauteurs au Bougé.					Mouillé	Hauteurs au Bougé.				
	75	76	77	78	79		75	76	77	78	79
1	0	0	0	0	0	41	242	238	234	230	227
2	1	1	1	1	1	42	250	246	241	238	234
3	2	2	2	2	2	43	258	254	249	245	241
4	3	3	3	3	3	44	265	261	257	253	248
5	5	5	5	5	5	45	273	269	264	260	256
6	9	8	8	8	8	46	280	276	271	267	263
7	13	12	12	11	11	47	288	283	279	274	270
8	17	16	16	15	15	48	296	291	286	281	277
9	21	20	20	19	19	49	303	298	293	288	284
10	26	25	24	23	23	50	310	305	300	295	291
11	34	30	29	28	28	51	317	312	308	303	298
12	36	35	34	33	33	52	324	319	315	310	305
13	41	40	40	39	38	53	331	326	322	317	312
14	47	46	46	44	43	54	338	333	329	324	319
15	53	52	51	50	49	55	345	340	336	331	326
16	59	58	57	56	54	56	352	347	342	338	333
17	65	64	63	62	60	57	359	354	349	344	339
18	71	70	69	68	66	58	365	360	355	350	345
19	78	76	75	74	72	59	371	366	361	356	352
20	85	83	81	80	78	60	377	372	367	362	358
21	92	90	88	86	85	61	383	378	373	368	364
22	99	97	94	92	91	62	389	384	379	374	370
23	106	104	101	99	97	63	394	390	384	380	376
24	113	111	108	106	104	64	399	395	390	386	381
25	120	118	115	113	111	65	404	400	396	391	387
26	127	125	122	120	118	66	409	405	401	397	392
27	134	132	130	127	125	67	413	410	406	402	397
28	142	139	137	135	132	68	417	414	410	407	402
29	150	147	144	142	139	69	421	418	414	411	407
30	157	154	151	149	146	70	425	422	418	415	411
31	165	161	159	156	153	71	427	425	422	419	415
32	172	169	166	163	160	72	428	427	425	422	419
33	180	176	173	170	167	73	429	428	427	425	422
34	188	184	181	177	174	74	430	429	428	427	425
35	196	192	189	185	182	75	»	430	429	428	427
36	203	199	196	192	189	76	»	»	430	429	428
37	211	207	204	200	196	77	»	»	»	430	429
38	219	215	211	207	203	78	»	»	»	»	430
39	227	223	219	215	211						
40	234	231	226	223	219						

Fûts de **440** Litres.

Mouillé	Hauteurs au Bougé.				
	75	76	77	78	79
1	0	0	0	0	0
2	1	1	1	1	1
3	2	2	2	2	2
4	3	3	3	3	3
5	5	5	5	5	5
6	9	8	8	8	8
7	13	12	12	12	12
8	17	16	16	16	16
9	21	21	20	20	20
10	26	26	25	24	24
11	31	31	30	29	29
12	36	36	35	34	34
13	42	41	40	39	39
14	48	47	46	45	44
15	54	53	52	51	50
16	60	59	58	57	56
17	66	65	64	62	61
18	73	71	70	68	67
19	80	78	76	75	74
20	87	85	83	81	80
21	94	92	90	88	87
22	101	99	97	95	93
23	109	106	104	102	100
24	116	113	111	109	107
25	123	120	118	116	114
26	130	127	125	123	121
27	138	135	133	130	128
28	145	142	140	137	135
29	153	150	147	145	142
30	160	158	155	152	149
31	168	166	163	159	156
32	176	173	170	166	163
33	184	181	178	174	171
34	192	188	185	181	178
35	200	196	193	189	186
36	208	204	200	196	193
37	216	212	208	204	201
38	224	220	216	212	208
39	232	228	224	220	216
40	240	236	232	228	224

Fûts de **440** Litres.

Mouillé	75	76	77	78	79
41	248	244	240	236	232
42	256	252	247	244	239
43	264	259	255	251	247
44	272	267	262	259	254
45	280	274	270	266	262
46	287	282	277	274	269
47	295	290	285	281	277
48	302	298	293	288	284
49	310	305	300	295	291
50	317	313	307	303	298
51	324	320	315	310	305
52	331	327	322	317	312
53	339	334	329	324	319
54	346	341	336	331	326
55	353	348	343	338	333
56	360	355	350	345	340
57	367	362	357	352	347
58	374	369	364	359	353
59	380	375	370	365	360
60	386	381	376	372	366
61	392	387	382	378	373
62	398	393	388	383	379
63	404	399	394	389	384
64	409	404	400	395	390
65	414	409	405	401	396
66	419	414	410	406	401
67	423	419	415	411	406
68	427	424	420	416	411
69	431	428	424	420	416
70	435	432	428	424	420
71	437	435	432	428	424
72	438	437	435	432	428
73	439	438	437	435	432
74	440	439	438	437	435
75	»	440	439	438	437
76	»	»	440	439	438
77	»	»	»	440	439
78	»	»	»	»	440

Fûts de **450** Litres.

Mouillé	75	76	77	78	79	Mouillé	75	76	77	78	79
1	0	0	0	0	0	41	253	249	245	241	237
2	1	1	1	1	1	42	261	257	253	249	244
3	2	2	2	2	2	43	269	265	261	256	252
4	3	3	3	3	3	44	277	273	268	264	259
5	5	5	5	5	5	45	285	281	276	272	267
6	9	9	9	8	8	46	293	289	284	280	275
7	13	13	13	12	12	47	301	296	292	287	283
8	17	17	17	16	16	48	309	304	299	295	290
9	22	21	21	20	20	49	317	312	307	302	298
10	27	26	26	25	24	50	324	320	314	310	305
11	32	31	31	30	29	51	331	327	322	317	312
12	37	36	36	35	34	52	338	334	329	325	319
13	43	42	42	41	40	53	346	341	336	332	327
14	49	48	47	46	45	54	354	349	343	339	334
15	55	54	53	52	51	55	361	354	351	346	341
16	61	60	59	58	57	56	368	363	358	353	348
17	68	66	65	64	63	57	375	370	365	360	355
18	75	73	72	70	69	58	382	377	371	367	361
19	82	80	79	77	75	59	389	384	378	373	368
20	89	87	85	83	82	60	395	390	385	380	375
21	96	94	92	90	89	61	401	396	391	386	381
22	104	101	99	97	95	62	407	402	397	392	387
23	112	109	107	104	102	63	413	408	403	398	393
24	119	116	114	111	109	64	418	414	408	404	399
25	126	123	121	118	116	65	423	419	414	409	405
26	133	130	128	125	123	66	428	424	419	415	410
27	141	138	136	133	131	67	433	429	424	420	416
28	149	146	143	140	138	68	437	433	429	425	421
29	157	154	151	148	145	69	441	437	433	430	426
30	165	161	158	155	152	70	445	441	437	434	430
31	173	169	166	163	160	71	447	445	441	438	434
32	181	177	174	170	167	72	448	447	445	442	438
33	189	185	182	178	175	73	449	448	447	445	442
34	197	193	189	186	183	74	450	449	448	447	445
35	205	201	197	194	191	75	»	450	449	448	447
36	213	209	205	201	198	76	»	»	450	449	448
37	221	217	213	209	206	77	»	»	»	450	449
38	229	225	221	217	213	78	»	»	»	»	450
39	237	233	229	225	221						
40	245	241	237	233	229						

	Fûts de **460** Litres						Fûts de **460** Litres						Fûts de **470** Litres.				
Mouillé.	Hauteurs au Bouge.					Mouillé.	Hauteurs au Bouge.					Mouillé.	Hauteurs au Bouge.				
	76	77	78	79	80		76	77	78	79	80		78	79	80	81	82
1	0	0	0	0	0	41	255	250	246	242	238	1	0	0	0	0	0
2	1	1	1	1	1	42	263	258	254	250	246	2	1	1	1	1	1
3	2	2	2	2	2	43	271	266	262	258	254	3	2	2	2	2	2
4	4	3	3	3	3	44	279	274	270	266	261	4	3	3	3	3	3
5	6	6	6	6	6	45	287	282	278	273	269	5	6	6	6	5	5
6	9	9	9	9	9	46	295	290	285	281	276	6	9	9	9	8	8
7	13	13	13	12	12	47	307	298	293	289	284	7	13	12	12	11	11
8	17	17	17	16	16	48	311	306	301	296	292	8	17	16	16	15	15
9	22	21	21	20	20	49	319	314	309	304	300	9	21	20	20	19	19
10	27	26	26	25	25	50	326	322	316	312	307	10	26	25	25	24	24
11	32	31	31	30	30	51	334	329	324	319	315	11	31	30	30	29	28
12	37	36	36	35	35	52	342	337	331	327	322	12	37	36	35	34	33
13	43	42	41	40	40	53	350	344	339	334	329	13	42	41	40	39	38
14	49	48	47	46	45	54	357	352	346	342	336	14	48	47	46	45	44
15	55	54	53	52	51	55	364	359	354	349	344	15	54	53	52	51	50
16	62	60	59	58	57	56	371	366	361	356	351	16	60	59	58	57	56
17	68	66	65	64	63	57	378	373	368	363	358	17	66	65	64	63	62
18	75	73	72	70	69	58	385	380	375	370	365	18	73	72	71	69	68
19	82	80	78	76	75	59	392	387	382	377	372	19	80	79	77	75	74
20	89	87	85	83	82	60	398	394	388	384	378	20	87	85	84	82	80
21	96	94	92	90	88	61	405	400	395	390	385	21	94	92	91	89	87
22	103	101	99	97	95	62	411	406	401	396	391	22	101	99	98	96	94
23	110	108	106	104	102	63	417	412	407	402	397	23	108	106	105	102	100
24	118	116	114	111	109	64	423	418	413	408	403	24	116	114	112	109	107
25	126	123	121	118	116	65	428	424	419	414	409	25	123	121	119	116	114
26	134	131	129	126	124	66	433	429	424	420	415	26	131	128	126	123	121
27	141	138	136	133	131	67	438	434	429	425	420	27	139	136	133	130	128
28	149	146	144	141	138	68	443	439	434	430	425	28	147	144	141	138	136
29	157	154	151	148	145	69	447	443	439	435	430	29	154	152	149	146	143
30	165	162	159	156	153	70	451	447	443	440	435	30	162	160	157	154	151
31	173	170	167	164	160	71	454	451	447	444	440	31	170	167	164	161	158
32	181	178	175	171	168	72	456	454	451	448	444	32	178	175	172	169	166
33	189	186	182	179	176	73	458	457	454	451	448	33	186	183	180	177	173
34	197	194	190	187	184	74	459	458	457	454	451	34	194	191	188	185	181
35	205	202	198	194	191	75	460	459	458	457	454	35	202	199	195	192	188
36	213	210	206	202	199	76	»	460	459	458	457	36	211	207	203	199	196
37	221	218	214	210	206	77	»	»	460	459	458	37	219	215	211	207	204
38	230	226	222	218	214	78	»	»	»	460	459	38	227	223	219	215	212
39	239	234	230	226	222	79	»	»	»	»	460	39	235	231	227	223	220
40	247	242	238	234	230							40	243	239	235	231	227

Fûts de 470 Litres.

Mouillé.	78	79	80	81	82
41	251	247	243	239	235
42	259	255	251	247	243
43	268	263	259	255	250
44	276	271	267	263	258
45	284	279	275	271	266
46	292	287	282	278	274
47	300	295	290	285	282
48	308	303	298	293	289
49	316	310	306	301	297
50	323	318	313	309	304
51	331	326	321	316	319
52	339	334	329	324	319
53	347	342	337	332	327
54	354	349	344	340	334
55	362	356	351	347	342
56	369	364	358	354	349
57	376	371	365	361	356
58	383	378	372	368	363
59	390	385	379	374	370
60	397	391	386	381	376
61	404	398	393	388	383
62	410	405	399	395	390
63	414	411	406	401	396
64	422	417	412	407	402
65	428	423	418	413	408
66	433	429	424	419	414
67	439	434	430	425	420
68	444	440	435	431	426
69	449	445	440	436	432
70	453	450	445	441	437
71	457	454	450	446	442
72	461	458	454	451	446
73	464	461	458	455	451
74	467	464	461	459	455
75	468	467	464	462	459
76	469	468	467	465	462
77	470	469	468	467	465
78	»	470	469	468	467
79	»	»	470	469	468
80	»	»	»	470	469
81	»	»	»	»	470

Fûts de 480 Litres.

Mouillé.	78	79	80	81	82
1	0	0	0	0	0
2	1	1	1	1	1
3	2	2	2	2	2
4	3	3	3	3	3
5	6	6	6	6	5
6	9	9	9	9	8
7	13	13	13	12	12
8	17	17	17	16	16
9	22	21	21	20	20
10	27	26	26	25	25
11	32	31	31	30	29
12	37	36	36	35	34
13	43	42	41	40	39
14	49	47	46	45	45
15	55	53	52	51	51
16	64	60	59	58	57
17	68	66	65	64	63
18	75	73	72	70	69
19	82	80	79	77	75
20	89	87	86	84	82
21	96	94	93	91	89
22	104	102	100	98	96
23	111	109	107	105	103
24	119	116	114	112	110
25	126	123	121	119	117
26	134	131	129	127	124
27	142	139	136	134	131
28	150	147	143	141	139
29	158	155	151	149	146
30	166	163	160	157	154
31	174	171	168	164	161
32	182	179	176	172	169
33	190	187	184	180	177
34	198	195	192	188	185
35	206	203	200	196	192
36	215	211	208	204	200
37	223	219	216	212	208
38	231	227	224	220	216
39	240	235	232	228	224
40	249	245	240	236	232

Mouillé.	78	79	80	81	82
41	257	253	248	244	240
42	265	261	256	252	248
43	274	269	264	260	256
44	282	277	272	268	264
45	290	285	280	276	272
46	298	293	288	284	280
47	306	301	296	292	288
48	314	309	304	300	295
49	322	317	312	308	303
50	330	325	320	316	311
51	338	333	329	323	319
52	346	341	337	331	326
53	354	349	344	339	334
54	361	357	351	346	341
55	369	364	359	353	349
56	376	371	366	361	356
57	384	378	373	368	363
58	391	386	380	375	370
59	398	393	387	382	377
60	405	400	394	389	384
61	412	407	401	396	391
62	419	414	408	403	398
63	425	420	415	410	405
64	431	427	421	416	411
65	437	433	428	422	417
66	443	438	434	429	423
67	448	444	439	435	429
68	453	449	444	440	435
69	458	454	449	445	441
70	463	459	454	450	446
71	467	463	459	455	451
72	471	467	463	460	455
73	474	471	467	464	460
74	477	474	471	468	464
75	478	477	474	472	468
76	479	478	477	475	472
77	480	479	478	477	475
78	»	480	479	478	477
79	»	»	480	479	478
80	»	»	»	480	479
81	»	»	»	»	480

Fûts de **490** Litres.

Mouillé	Hauteurs au Bouge.					Mouillé	Hauteurs au Bouge.					Mouil.é	Hauteurs au Bouge.				
	78	79	80	81	82		78	79	80	81	82		78	79	80	81	82
1	0	0	0	0	0	31	177	174	171	168	165	61	421	415	410	405	399
2	1	1	1	1	1	32	186	182	179	176	173	62	427	422	416	412	406
3	2	2	2	2	2	33	194	190	187	184	181	63	434	428	423	418	413
4	4	3	3	3	3	34	203	199	196	192	189	64	440	435	429	425	419
5	7	6	6	6	6	35	211	208	204	200	197	65	446	442	436	431	426
6	10	9	9	9	9	36	220	216	212	208	205	66	452	447	443	437	432
7	14	13	13	12	12	37	228	224	220	216	213	67	458	453	448	444	438
8	18	17	17	16	16	38	236	232	228	224	221	68	463	459	453	449	444
9	22	21	21	20	20	39	245	240	236	232	229	69	468	464	459	454	450
10	27	26	26	25	25	40	254	250	245	241	237	70	472	469	464	460	455
11	32	31	31	30	30	41	262	258	254	249	245	71	476	473	469	465	460
12	38	37	37	36	35	42	270	266	262	258	253	72	480	477	473	470	465
13	44	43	42	41	40	43	279	274	270	266	261	73	483	481	477	474	470
14	50	48	47	46	46	44	287	282	278	274	269	74	486	484	481	478	474
15	56	55	54	53	52	45	296	291	286	282	277	75	488	487	484	481	478
16	63	62	61	59	58	46	304	300	294	290	285	76	489	488	487	484	481
17	69	68	67	65	64	47	313	308	303	298	293	77	490	489	488	487	484
18	76	75	74	72	71	48	321	316	311	306	301	78	»	490	489	488	487
19	83	82	80	78	77	49	329	324	319	314	309	79	»	»	490	489	488
20	91	89	87	85	84	50	337	332	327	322	317	80	»	»	»	490	489
21	98	96	94	92	91	51	345	340	336	330	325	81	»	»	»	»	490
22	106	104	102	100	98	52	353	348	344	338	333						
23	113	111	109	107	105	53	361	356	351	346	341						
24	121	119	117	114	112	54	369	364	358	354	348						
25	129	126	124	121	119	55	377	371	366	361	356						
26	137	134	132	129	126	56	384	379	373	369	364						
27	145	142	139	136	134	57	392	386	381	376	371						
28	153	150	146	144	142	58	399	394	388	383	378						
29	161	158	154	152	149	59	407	401	396	390	385						
30	169	166	163	160	157	60	414	408	403	398	392						

NOTA. — Les fûts de 500 litres varient beaucoup sous le rapport de leur construction. Les tables qui y sont afférentes sont faites sur huit hauteurs : les quatre premières de ces hauteurs pour les fûts allongés venant généralement de la Belgique et de la Hollande, et les quatre dernières pour les demi-muids du Midi.

Fûts de 500 Litres.

Mouillé	Hauteurs au Bouge.								Mouillé	Hauteurs au Bouge.							
	79	80	81	82	88	89	90	91		79	80	81	82	88	89	90	91
1	0	0	0	0	0	0	0	0	46	306	301	296	291	265	262	258	254
2	1	1	1	1	1	1	1	1	47	314	309	304	299	273	269	266	262
3	2	2	2	2	2	2	2	2	48	322	317	312	307	280	277	273	270
4	4	3	3	3	3	3	3	3	49	330	325	320	315	288	284	280	277
5	7	6	6	6	5	5	5	5	50	339	333	328	323	296	292	287	284
6	10	9	9	9	7	7	7	7	51	347	342	336	331	304	300	296	291
7	14	13	13	13	10	10	10	10	52	355	350	345	339	311	307	303	299
8	18	17	17	17	14	14	14	14	53	363	358	353	347	319	314	310	306
9	22	21	21	21	18	18	17	17	54	371	366	361	355	326	322	317	313
10	27	26	26	26	22	22	21	21	55	379	374	368	363	334	329	325	320
11	32	31	31	31	26	26	25	25	56	387	382	376	371	341	336	332	328
12	38	37	36	36	31	31	30	30	57	394	389	384	379	348	343	339	335
13	44	43	42	41	36	36	35	34	58	402	396	391	386	355	351	346	342
14	50	49	48	47	41	40	39	39	59	409	404	398	393	363	358	353	349
15	56	55	54	53	46	45	44	44	60	416	411	406	400	370	366	361	354
16	63	61	60	59	52	51	50	50	61	423	418	413	407	377	372	368	363
17	70	68	66	65	58	57	56	55	62	430	425	420	414	384	379	374	370
18	77	75	73	72	64	63	62	61	63	437	432	427	421	391	386	381	376
19	84	82	80	79	70	68	67	66	64	444	439	434	428	398	393	388	383
20	91	89	87	86	77	75	73	72	65	450	445	440	435	405	400	395	390
21	98	96	94	93	83	81	79	78	66	456	451	446	441	411	407	402	397
22	106	104	102	100	89	87	86	85	67	462	457	454	447	417	413	408	403
23	113	111	109	107	95	93	92	91	68	468	463	458	453	423	419	414	409
24	121	118	116	114	102	100	98	97	69	473	469	464	459	430	425	421	415
25	129	126	124	121	109	107	105	103	70	478	474	469	464	436	432	427	422
26	137	134	132	129	116	114	112	110	71	482	479	474	469	442	437	433	428
27	145	142	139	137	123	121	119	117	72	486	483	479	474	448	443	438	434
28	153	150	147	145	130	128	126	124	73	490	487	483	479	454	449	444	439
29	161	158	155	153	137	134	132	130	74	493	491	487	483	459	455	450	445
30	170	167	164	161	145	142	139	137	75	496	494	491	487	464	460	456	450
31	178	175	172	169	152	149	147	144	76	498	497	494	491	469	464	461	456
32	186	183	180	177	159	157	154	151	77	499	498	498	494	474	469	465	461
33	194	191	188	185	166	164	161	158	78	500	499	498	497	478	474	470	466
34	203	199	196	193	174	171	168	165	79	»	500	499	498	482	478	475	470
35	211	207	204	201	181	178	175	172	80	»	»	500	499	486	482	479	475
36	220	216	213	209	189	186	183	180	81	»	»	»	500	490	486	482	479
37	228	224	221	217	196	193	190	187	82	»	»	»	»	493	490	486	483
38	237	233	229	225	204	200	197	194	83	»	»	»	»	495	493	490	486
39	245	241	237	233	212	208	204	201	84	»	»	»	»	497	495	493	490
40	255	250	245	241	220	216	213	209	85	»	»	»	»	498	497	495	493
41	263	259	255	250	227	223	220	216	86	»	»	»	»	499	498	497	495
42	272	267	263	259	235	231	227	223	87	»	»	»	»	500	499	498	497
43	280	276	271	267	242	238	234	230	88	»	»	»	»	»	500	499	498
44	289	284	279	275	250	246	242	238	89	»	»	»	»	»	»	500	499
45	297	293	287	283	258	254	250	246	90	»	»	»	»	»	»	»	500

Fûts de **510** Litres.

Mouillé.	Hauteurs au Bouge.							
	79	80	81	82	88	89	90	91
1	0	0	0	0	0	0	0	0
2	1	1	1	1	1	1	1	1
3	2	2	2	2	2	2	2	2
4	4	4	3	3	3	3	3	3
5	7	7	6	6	5	5	5	5
6	10	10	9	9	7	7	7	7
7	14	14	13	13	11	11	10	10
8	18	18	17	17	15	15	14	14
9	23	22	21	21	19	18	17	17
10	28	27	26	26	23	22	22	21
11	33	32	31	31	27	26	26	25
12	39	38	37	36	32	31	31	30
13	45	44	43	42	37	36	36	35
14	51	50	49	48	42	41	41	40
15	57	56	55	54	48	47	46	45
16	64	62	61	60	54	52	51	50
17	71	69	67	66	59	58	57	56
18	78	76	74	73	65	64	63	62
19	85	83	81	80	71	70	69	68
20	93	91	89	87	78	76	75	74
21	100	98	96	94	84	82	81	80
22	108	106	104	102	91	89	87	86
23	116	113	111	109	97	95	93	92
24	124	121	119	117	104	102	100	99
25	132	129	127	124	111	109	107	105
26	140	137	135	132	118	116	114	112
27	148	145	142	140	125	123	121	119
28	156	153	150	148	133	130	128	126
29	164	161	158	156	140	137	135	133
30	173	170	167	164	147	144	142	140
31	181	178	175	172	154	151	149	147
32	190	186	183	180	162	159	157	154
33	198	194	191	188	169	167	164	161
34	207	203	199	196	177	174	171	168
35	215	211	208	204	185	182	179	176
36	224	220	217	213	193	190	187	184
37	233	229	225	221	200	197	194	191
38	242	238	234	230	208	205	201	198
39	250	246	242	238	216	212	208	205
40	260	255	250	246	224	220	216	213
41	268	264	260	255	231	227	223	220
42	277	272	268	264	239	235	231	228
43	286	281	276	272	247	243	239	235
44	295	290	285	280	255	251	247	243
45	303	299	293	289	263	259	255	251

Mouillé.	Hauteurs au Bouge.							
	79	80	81	82	88	89	90	91
46	312	307	302	297	271	267	263	259
47	320	316	311	306	279	275	271	267
48	329	324	319	314	286	283	279	275
49	337	332	327	322	294	290	287	282
50	346	340	335	330	302	298	294	290
51	354	349	343	338	310	305	302	297
52	362	357	352	346	317	313	309	305
53	370	365	360	354	325	320	316	312
54	378	373	368	362	333	328	323	319
55	386	381	375	370	341	336	331	326
56	394	389	383	378	348	343	339	334
57	402	397	391	386	356	351	346	342
58	410	404	399	393	363	359	353	349
59	417	412	406	401	370	366	361	356
60	425	419	414	408	377	373	368	363
61	432	427	421	416	385	380	375	370
62	439	434	429	423	392	387	382	377
63	446	441	436	430	399	394	389	384
64	453	448	443	437	406	401	396	391
65	459	454	449	444	413	408	403	398
66	465	460	455	450	419	415	410	405
67	471	466	461	456	426	421	417	411
68	477	472	467	462	432	428	423	418
69	482	478	473	468	439	434	429	424
70	487	483	479	474	445	440	435	430
71	492	488	484	479	451	446	441	436
72	496	492	489	484	456	452	447	442
73	500	496	493	489	462	458	453	448
74	503	500	497	493	468	463	459	454
75	506	503	501	497	473	469	464	460
76	508	506	504	501	478	474	469	465
77	509	508	507	504	483	479	474	470
78	510	509	508	507	487	484	479	475
79	»	510	509	508	491	488	484	480
80	»	»	510	509	495	492	488	485
81	»	»	»	510	499	495	493	489
82	»	»	»	»	503	499	496	493
83	»	»	»	»	505	503	500	496
84	»	»	»	»	507	505	503	500
85	»	»	»	»	508	507	505	503
86	»	»	»	»	509	508	507	505
87	»	»	»	»	510	509	508	507
88	»	»	»	»	»	510	509	508
89	»	»	»	»	»	»	510	509
90	»	»	»	»	»	»	»	510

Fûts de **520** Litres.

Mouillé	Hauteurs au Bouge.								Mouillé	Hauteurs au Bouge.							
	79	80	81	82	88	89	90	91		79	80	81	82	88	89	90	91
1	0	0	0	0	0	0	0	0	46	318	313	308	304	276	272	268	264
2	1	1	1	1	1	1	1	1	47	326	322	317	312	284	280	276	272
3	2	2	2	2	2	2	2	2	48	335	330	326	320	292	288	284	280
4	4	4	3	3	3	3	3	3	49	344	339	334	329	300	296	292	288
5	7	7	6	6	5	5	5	5	50	353	348	343	337	308	303	300	296
6	10	10	9	9	8	8	7	7	51	361	356	351	346	316	311	307	303
7	14	14	13	13	11	11	10	10	52	370	364	359	354	323	320	314	311
8	18	18	17	17	15	15	14	14	53	378	372	367	362	331	327	323	318
9	23	23	22	22	19	18	18	18	54	386	380	375	370	339	335	330	326
10	28	28	27	27	23	23	22	22	55	394	389	383	378	347	343	338	333
11	34	33	32	32	28	27	26	26	56	402	397	391	386	355	350	346	341
12	40	39	38	37	33	32	31	31	57	410	405	399	394	363	358	353	348
13	46	45	44	43	38	37	36	36	58	418	412	407	401	370	366	360	355
14	52	51	50	49	43	42	41	41	59	425	420	414	409	378	373	368	362
15	58	57	56	55	49	48	47	46	60	433	427	422	416	385	381	375	370
16	65	63	62	61	55	54	52	51	61	440	435	429	424	393	388	383	377
17	72	70	69	68	61	59	57	56	62	448	442	437	431	400	395	390	385
18	80	78	76	75	67	65	64	63	63	455	450	444	438	407	402	397	392
19	87	85	83	82	73	71	70	69	64	462	457	451	445	414	409	404	399
20	95	93	91	89	80	78	76	75	65	468	463	458	452	421	416	411	406
21	102	100	98	96	86	84	82	81	66	474	469	464	459	427	423	418	413
22	110	108	106	104	93	91	89	88	67	480	475	470	465	434	429	425	420
23	118	115	113	111	99	97	95	94	68	486	481	476	471	440	436	431	426
24	126	123	121	119	106	104	102	100	69	492	487	482	477	447	442	438	432
25	134	131	129	126	113	111	109	107	70	497	492	488	483	453	449	444	439
26	142	140	137	134	120	118	116	114	71	502	497	493	488	459	455	450	445
27	150	148	145	142	127	125	123	121	72	506	502	498	493	465	461	456	451
28	159	156	153	150	135	132	130	128	73	510	506	503	498	471	466	463	457
29	167	164	161	158	142	139	137	135	74	513	510	507	503	477	472	468	464
30	176	172	169	166	150	147	145	143	75	516	513	511	507	482	478	473	469
31	185	181	177	174	157	154	152	150	76	518	516	514	511	487	483	479	474
32	194	190	186	183	165	162	160	158	77	519	518	517	514	492	488	484	479
33	202	198	194	191	173	170	167	165	78	520	519	518	517	497	493	489	484
34	211	207	203	200	181	177	174	172	79	»	520	519	518	501	497	494	489
35	220	216	212	208	189	185	182	179	80	»	»	520	519	505	502	498	494
36	229	224	220	216	197	193	190	187	81	»	»	»	520	509	505	502	498
37	237	233	229	225	204	200	197	194	82	»	»	»	»	512	509	506	502
38	246	242	238	234	212	209	206	202	83	»	»	»	»	515	512	510	506
39	255	251	246	242	220	217	213	209	84	»	»	»	»	517	515	513	510
40	265	260	255	251	228	224	220	217	85	»	»	»	»	518	517	515	513
41	274	269	265	260	236	232	228	224	86	»	»	»	»	519	518	517	515
42	283	278	274	269	244	240	236	232	87	»	»	»	»	520	519	518	517
43	291	287	282	278	252	248	244	240	88	»	»	»	»	»	520	519	518
44	300	296	291	286	260	256	252	248	89	»	»	»	»	»	»	520	519
45	309	304	300	295	268	264	260	256	90	»	»	»	»	»	»	»	520

Fûts de **530** Litres.

Mouillé.	Hauteurs au Bouge.								Mouillé.	Hauteurs au Bouge.							
	80	*81*	*82*	*83*	*89*	*90*	*91*	*92*		*80*	*81*	*82*	*83*	*89*	*90*	*91*	*92*
1	0	0	0	0	0	0	0	0	47	328	323	318	312	285	281	278	273
2	1	1	1	1	1	1	1	1	48	336	332	326	321	293	289	285	281
3	2	2	2	2	2	2	2	2	49	345	340	335	329	301	297	293	289
4	4	4	3	3	3	3	3	3	50	354	349	343	338	309	305	301	297
5	7	7	6	6	5	5	5	5	51	363	357	352	346	317	313	309	305
6	10	10	9	9	8	8	7	7	52	371	366	360	355	325	321	317	312
7	14	14	13	13	11	11	10	10	53	379	374	368	363	333	329	324	320
8	18	18	17	17	15	15	14	14	54	387	382	376	372	341	336	332	327
9	23	23	22	22	19	18	17	17	55	396	390	385	379	349	344	339	335
10	28	28	27	27	23	22	21	21	56	404	399	393	388	357	352	347	342
11	34	33	32	32	28	27	26	26	57	412	407	402	396	364	360	355	350
12	40	39	38	37	33	32	30	31	58	420	415	409	404	372	367	363	358
13	46	45	44	43	38	38	37	36	59	428	422	417	411	379	375	370	365
14	52	51	50	49	43	43	42	41	60	435	430	424	419	387	382	378	372
15	58	57	56	55	49	48	47	46	61	443	437	432	426	394	390	385	380
16	65	63	62	61	55	54	53	52	62	451	445	439	434	402	397	393	387
17	72	70	69	68	61	59	58	57	63	458	453	447	441	410	405	400	395
18	79	77	76	75	67	65	64	63	64	465	460	454	448	417	412	407	402
19	87	85	83	82	73	71	70	69	65	472	467	461	455	424	419	414	409
20	95	93	91	89	79	77	76	75	66	478	473	468	462	431	426	421	416
21	102	100	98	96	86	84	82	81	67	484	479	474	469	437	431	428	423
22	110	108	106	104	93	91	89	88	68	490	485	480	475	444	439	435	429
23	118	115	113	111	99	99	95	94	69	496	491	486	481	451	446	441	436
24	126	123	121	119	106	104	102	101	70	502	497	492	487	457	453	448	442
25	134	131	128	126	113	111	109	107	71	507	502	498	493	463	459	454	449
26	143	140	137	134	120	118	116	114	72	512	507	503	498	469	465	460	455
27	151	148	145	142	128	125	123	121	73	516	512	508	503	475	471	466	461
28	159	156	154	151	136	133	130	128	74	520	516	513	508	481	476	472	467
29	167	164	162	158	143	140	137	135	75	523	520	517	513	487	482	477	473
30	176	173	170	167	151	148	145	143	76	526	523	521	517	492	487	483	478
31	185	181	178	175	158	155	152	150	77	528	526	524	521	497	492	488	484
32	194	190	187	184	166	163	160	158	78	529	528	527	524	502	498	493	489
33	202	198	195	192	173	170	167	165	79	530	529	528	527	507	503	500	494
34	211	207	204	201	181	178	175	172	80	»	530	529	528	511	508	504	499
35	220	216	212	209	189	186	183	180	81	»	»	530	529	515	512	509	504
36	229	225	221	218	197	194	191	188	82	»	»	»	530	519	515	513	509
37	238	234	230	226	205	201	198	195	83	»	»	»	»	522	519	516	513
38	247	243	239	235	213	209	206	203	84	»	»	»	»	525	522	520	516
39	256	251	247	243	221	217	213	210	85	»	»	»	»	527	525	523	520
40	265	260	255	251	229	225	221	218	86	»	»	»	»	528	527	525	523
41	274	270	265	260	237	233	229	225	87	»	»	»	»	529	528	527	525
42	283	279	275	270	245	241	237	233	88	»	»	»	»	530	529	528	527
43	292	287	283	279	252	249	245	241	89	»	»	»	»	»	530	529	528
44	301	296	291	287	260	256	252	249	90	»	»	»	»	»	»	530	529
45	310	305	300	295	270	265	260	257	91	»	»	»	»	»	»	»	530
46	319	314	309	304	278	274	270	265									

Fûts de 540 Litres.

Mouillé.	Hauteurs au Bouge.								Mouillé.	Hauteurs au Bouge.							
	80	81	82	83	89	90	91	92		80	81	82	83	89	90	91	92
1	0	0	0	0	0	0	0	0	47	334	329	324	318	291	287	283	278
2	1	1	1	1	1	1	1	1	48	342	338	333	327	299	295	291	286
3	2	2	2	2	2	2	2	2	49	351	346	342	336	307	303	299	295
4	4	4	4	4	3	3	3	3	50	360	355	350	345	315	311	307	303
5	7	7	6	6	5	5	5	5	51	369	364	359	353	323	319	315	311
6	10	10	9	9	8	8	7	7	52	377	372	367	362	331	327	323	318
7	14	14	13	13	11	11	10	10	53	386	380	375	370	339	335	330	326
8	19	19	18	18	15	15	14	14	54	395	389	383	378	347	343	338	333
9	24	23	22	22	19	19	18	18	55	404	398	392	386	355	351	346	341
10	29	28	27	27	23	23	22	22	56	412	407	401	395	363	359	354	349
11	35	34	33	32	28	28	27	27	57	420	415	409	403	371	366	362	357
12	41	40	39	38	33	33	32	32	58	428	423	417	411	379	374	369	365
13	47	46	45	44	38	38	37	37	59	437	430	425	419	387	382	377	372
14	53	52	51	50	44	43	42	42	60	445	439	432	427	395	390	385	379
15	60	58	57	56	50	49	48	47	61	452	447	441	434	402	398	392	387
16	67	65	64	63	56	55	54	53	62	459	454	449	442	410	405	400	394
17	74	72	70	69	62	60	59	58	63	466	461	456	450	417	412	407	402
18	81	79	77	76	68	66	65	64	64	473	468	463	457	425	419	414	409
19	88	86	84	83	74	72	71	70	65	480	475	470	464	432	427	421	416
20	95	93	91	90	81	79	77	76	66	487	482	476	471	439	434	429	423
21	103	101	99	98	88	86	84	83	67	493	488	483	477	445	441	436	430
22	112	110	108	106	95	93	91	90	68	499	494	489	484	452	447	443	437
23	120	117	115	113	101	99	97	96	69	505	500	495	490	459	454	449	444
24	128	125	123	121	108	106	104	103	70	511	506	501	496	466	461	456	450
25	136	133	131	129	115	113	111	110	71	516	512	507	502	472	468	463	457
26	145	142	139	137	123	121	119	117	72	521	517	513	508	478	474	469	464
27	154	151	148	145	130	128	126	124	73	526	521	518	513	484	480	475	470
28	163	160	157	154	138	135	133	131	74	530	526	522	518	490	485	481	476
29	171	168	165	162	145	142	140	138	75	533	530	527	522	496	491	486	482
30	180	176	173	170	153	150	148	146	76	536	533	531	527	502	497	492	487
31	189	185	181	178	161	158	155	153	77	538	536	534	531	507	502	498	493
32	198	194	190	187	169	166	163	161	78	539	538	536	534	512	508	503	498
33	206	202	198	195	177	174	171	168	79	540	539	538	536	517	512	508	503
34	215	214	207	204	185	181	178	175	80	»	540	539	538	521	517	513	508
35	224	220	216	213	193	189	186	183	81	»	»	540	539	525	521	518	513
36	233	229	225	222	201	197	194	191	82	»	»	»	540	529	525	522	518
37	242	238	234	230	209	205	202	199	83	»	»	»	»	532	529	526	522
38	251	247	243	239	217	213	210	207	84	»	»	»	»	535	532	530	526
39	260	256	252	248	225	221	217	214	85	»	»	»	»	537	535	533	530
40	270	265	261	257	233	229	225	222	86	»	»	»	»	538	537	535	533
41	280	275	270	265	241	237	233	229	87	»	»	»	»	539	538	537	535
42	289	284	279	275	249	245	241	237	88	»	»	»	»	540	539	538	537
43	298	293	288	283	257	253	249	245	89	»	»	»	»	»	540	539	538
44	307	302	297	292	265	261	257	254	90	»	»	»	»	»	»	540	539
45	316	311	306	301	275	270	265	262	91	»	»	»	»	»	»	»	540
46	325	320	315	310	283	279	275	270									

Fûts de **550** Litres.																
Mouillé.	Hauteurs au Bouge.								Mouillé.	Hauteurs au Bouge.						
	80	81	82	83	89	90	91	92		80	81	82	83	89	90	91	92
1	0	0	0	0	0	0	0	0	47	340	335	330	324	296	292	288	284
2	1	1	1	1	1	1	1	1	48	349	344	339	333	304	301	296	292
3	2	2	2	2	2	2	2	2	49	358	353	348	342	312	309	305	301
4	4	4	4	4	3	3	3	3	50	367	362	356	351	321	316	313	309
5	7	7	6	6	5	5	5	5	51	376	370	365	359	329	325	320	317
6	10	10	9	9	8	8	8	8	52	384	379	373	368	337	333	329	324
7	14	14	13	13	11	11	11	11	53	393	388	382	376	345	341	337	332
8	19	19	18	18	15	15	15	15	54	402	397	391	385	354	349	345	340
9	24	24	23	23	19	19	18	18	55	411	405	400	394	362	358	352	348
10	29	29	28	28	24	23	22	22	56	419	414	408	403	370	366	361	355
11	35	34	33	33	29	28	27	27	57	428	422	417	411	378	373	369	364
12	41	40	39	38	34	33	32	32	58	436	431	425	419	386	381	376	372
13	47	46	45	44	39	38	37	37	59	445	438	433	427	394	389	384	379
14	54	52	51	50	45	44	43	42	60	453	447	440	435	402	397	392	386
15	61	59	58	57	51	50	49	48	61	460	455	449	442	409	405	400	394
16	68	66	65	64	57	56	55	54	62	467	462	457	450	417	412	408	402
17	75	73	72	71	63	61	60	59	63	475	469	464	458	425	420	415	410
18	83	81	79	78	69	67	66	65	64	482	477	471	465	433	427	422	417
19	90	88	86	85	76	74	72	71	65	489	484	478	472	440	435	429	424
20	97	95	93	92	83	81	79	78	66	496	491	485	479	447	442	437	431
21	105	103	101	100	89	87	85	84	67	503	498	492	486	454	449	444	438
22	114	112	110	108	96	94	92	91	68	509	504	499	493	461	456	451	445
23	122	119	117	115	103	101	99	98	69	515	510	505	500	467	463	458	452
24	131	128	125	123	110	108	106	105	70	521	516	511	506	474	469	465	459
25	139	136	133	131	117	115	113	112	71	526	521	517	512	481	476	471	466
26	148	145	142	139	125	123	121	119	72	531	526	522	517	487	483	478	472
27	157	153	150	147	133	130	128	126	73	536	531	527	522	493	489	484	479
28	166	162	159	156	141	138	135	133	74	540	536	532	527	499	494	490	485
29	174	171	168	165	148	145	142	140	75	543	540	537	532	505	500	495	491
30	183	180	177	174	156	153	150	148	76	546	543	541	537	511	506	501	496
31	192	188	185	182	164	161	158	156	77	548	546	544	541	516	512	507	502
32	201	197	194	191	172	169	166	164	78	549	548	546	544	521	517	513	508
33	210	206	202	199	180	177	174	171	79	550	549	548	546	526	522	518	513
34	219	215	211	208	188	184	181	178	80	»	550	549	548	531	527	523	518
35	228	224	220	217	196	192	189	186	81	»	»	550	549	535	531	528	523
36	238	234	230	226	205	201	198	195	82	»	»	»	550	539	535	532	528
37	247	243	239	235	213	209	205	202	83	»	»	»	»	542	539	535	532
38	256	252	248	244	221	217	213	210	84	»	»	»	»	545	542	539	535
39	265	261	257	253	229	225	221	218	85	»	»	»	»	547	545	542	539
40	275	270	266	262	238	234	230	226	86	»	»	»	»	548	547	545	542
41	285	280	275	270	246	241	237	233	87	»	»	»	»	549	548	547	545
42	294	289	284	280	254	249	245	241	88	»	»	»	»	550	549	548	547
43	303	298	293	288	262	258	254	249	89	»	»	»	»	»	550	549	548
44	312	307	302	297	271	266	262	258	90	»	»	»	»	»	»	550	549
45	322	316	311	306	279	275	270	266	91	»	»	»	»	»	»	»	550
46	331	326	320	315	288	284	280	275									

Fûts de **560** Litres.

Mouillé	Hauteurs au Bouge.							
	82	83	84	85	90	91	92	93
1	0	0	0	0	0	0	0	0
2	1	1	1	1	1	1	1	1
3	2	2	2	2	3	3	2	2
4	4	4	3	3	5	5	5	5
5	7	7	6	6	8	8	7	7
6	10	10	9	9	11	11	10	10
7	14	14	13	13	15	15	14	14
8	18	18	17	17	19	19	18	18
9	23	23	22	22	24	23	22	22
10	29	28	27	27	29	28	27	27
11	34	33	32	32	34	33	32	32
12	40	39	38	37	39	38	37	37
13	46	45	44	43	44	43	42	42
14	52	51	50	49	44	43	42	42
15	59	57	56	55	50	49	48	47
16	66	64	63	62	56	55	54	53
17	73	71	70	69	62	61	60	59
18	80	78	77	76	69	67	66	65
19	88	86	84	83	76	74	72	71
20	96	94	92	90	83	81	79	77
21	104	102	100	98	89	88	86	84
22	112	110	108	106	96	95	93	91
23	120	117	115	113	103	101	99	97
24	128	125	123	121	110	108	106	104
25	136	133	131	129	117	115	113	111
26	144	141	139	137	125	123	121	119
27	153	150	147	145	133	130	128	126
28	162	159	156	154	141	138	135	133
29	174	168	165	162	149	146	143	140
30	180	176	173	170	157	154	151	148
31	189	185	182	179	164	161	159	156
32	198	194	191	188	172	169	167	164
33	207	203	199	196	180	177	174	171
34	216	212	208	204	188	184	181	178
35	225	221	217	213	196	192	189	186
36	234	230	226	222	205	201	198	195
37	243	239	235	231	213	209	205	202
38	252	248	244	240	221	217	213	210
39	261	257	253	249	229	225	221	218
40	270	266	262	258	238	234	230	226
41	280	275	271	267	246	242	238	234
42	290	285	280	275	254	250	246	242
43	299	294	289	285	262	258	254	250
44	308	303	298	293	271	267	263	259
45	317	312	307	302	280	275	271	267
46	326	321	316	311	289	285	280	275

Mouillé	Hauteurs au Bouge.							
	82	83	84	85	90	91	92	93
47	335	330	325	320	298	293	289	285
48	344	339	334	329	306	302	297	293
49	353	348	343	338	314	310	306	301
50	362	357	352	347	322	318	314	310
51	371	366	361	356	331	326	322	318
52	380	375	369	364	339	335	330	326
53	389	384	378	372	347	343	339	334
54	398	392	387	381	355	351	347	342
55	407	404	395	390	364	359	355	350
56	416	410	404	398	372	368	362	358
57	424	419	413	406	380	376	371	365
58	432	427	421	415	388	383	379	374
59	440	435	429	423	396	391	386	382
60	448	443	437	431	403	399	393	389
61	456	450	445	439	411	406	401	396
62	464	458	452	447	419	414	409	404
63	472	466	460	454	427	422	417	412
64	480	474	468	462	435	430	425	420
65	487	482	476	470	443	437	432	427
66	494	489	483	477	450	445	439	434
67	501	494	490	484	457	452	447	441
68	508	503	497	491	464	459	454	449
69	514	509	504	498	471	465	461	456
70	520	515	510	505	477	472	467	463
71	526	521	516	511	484	479	474	469
72	531	527	522	517	491	486	481	476
73	537	532	528	523	498	493	488	483
74	542	537	533	528	504	499	494	489
75	546	542	538	533	510	505	500	495
76	550	546	543	538	516	511	506	501
77	553	550	547	543	521	517	512	507
78	556	553	551	547	526	522	518	513
79	558	556	554	551	531	527	523	518
80	559	558	557	554	536	532	528	523
81	560	559	558	557	541	537	533	528
82	»	560	559	558	545	541	538	533
83	»	»	560	559	549	545	542	538
84	»	»	»	560	552	549	546	542
85	»	»	»	»	555	552	550	546
86	»	»	»	»	557	555	553	550
87	»	»	»	»	558	557	555	553
88	»	»	»	»	559	558	557	555
89	»	»	»	»	560	559	558	557
90	»	»	»	»	»	560	559	558
91	»	»	»	»	»	»	560	559
92	»	»	»	»	»	»	»	560

Fûts de **570** Litres.

Mouillé.	Hauteurs au Bouge.								Mouillé.	Hauteurs au Bouge.							
	82	83	84	85	90	91	92	93		82	83	84	85	90	91	92	93
1	0	0	0	0	0	0	0	0	47	342	336	331	326	303	298	294	290
2	1	1	1	1	1	1	1	1	48	351	346	340	335	311	307	302	298
3	2	2	2	2	2	2	2	2	49	360	355	350	344	320	316	311	306
4	4	4	3	3	3	3	3	3	50	369	364	359	353	328	324	320	315
5	7	7	6	6	5	5	5	5	51	378	373	368	362	337	332	328	324
6	10	10	10	10	8	8	7	7	52	387	382	377	371	345	341	336	332
7	14	14	13	13	12	12	11	11	53	396	390	385	380	353	349	345	340
8	19	18	17	17	16	16	15	15	54	405	399	393	388	361	357	353	349
9	24	23	22	22	20	20	19	19	55	414	408	402	396	370	365	361	357
10	29	28	27	27	24	24	23	23	56	423	417	411	405	379	374	369	365
11	34	33	32	32	29	29	28	28	57	432	426	420	414	388	382	377	372
12	40	39	38	38	34	34	33	33	58	440	435	428	422	395	391	385	380
13	47	46	45	44	40	39	38	38	59	448	443	437	430	403	398	394	388
14	54	52	51	50	46	45	44	43	60	456	451	445	439	411	406	401	396
15	61	59	58	57	52	50	49	48	61	465	459	453	447	419	414	409	403
16	68	66	65	64	58	56	55	54	62	473	467	461	455	427	422	417	411
17	75	73	72	71	64	62	61	60	63	481	475	469	463	435	430	425	419
18	82	80	79	78	70	68	67	66	64	492	483	477	471	442	438	432	427
19	89	87	86	85	77	75	73	72	65	495	490	484	478	450	445	440	434
20	97	95	93	92	84	82	80	79	66	502	497	491	485	458	453	447	442
21	105	103	101	99	91	89	87	86	67	509	504	498	492	465	460	455	449
22	114	111	109	107	98	96	94	93	68	516	511	505	499	472	467	462	457
23	122	119	117	115	105	103	101	99	69	523	518	512	506	479	474	469	464
24	130	127	125	123	112	110	108	106	70	530	524	519	513	486	481	476	471
25	138	135	133	131	120	117	115	113	71	536	531	525	520	493	488	483	477
26	147	144	142	140	128	125	123	121	72	541	537	532	526	500	495	490	484
27	156	153	150	148	135	132	130	128	73	546	542	538	532	506	502	497	491
28	165	162	159	156	143	140	138	136	74	551	547	543	538	512	508	503	498
29	174	171	168	155	151	148	145	143	75	556	552	548	543	518	514	509	504
30	183	180	177	174	159	156	153	151	76	560	556	553	548	524	520	515	510
31	192	188	185	182	167	164	161	159	77	563	560	557	553	530	525	522	516
32	201	197	193	190	175	172	169	167	78	566	563	560	557	536	531	527	522
33	210	206	202	199	182	179	176	174	79	568	566	564	560	541	536	532	527
34	219	215	211	208	191	188	185	182	80	569	568	567	564	546	541	537	532
35	228	224	220	217	200	196	193	190	81	570	569	568	567	550	546	542	537
36	238	234	230	226	209	205	201	198	82	»	570	569	568	554	550	547	542
37	247	243	239	235	217	213	209	205	83	»	»	570	569	558	554	551	547
38	256	252	248	244	225	221	217	213	84	»	»	»	570	562	558	555	551
39	265	261	257	253	233	229	225	224	85	»	»	»	»	565	562	559	555
40	275	270	266	262	242	238	234	230	86	»	»	»	»	567	565	563	559
41	285	280	275	271	250	246	242	238	87	»	»	»	»	568	567	565	563
42	295	290	285	280	259	254	250	246	88	»	»	»	»	569	568	567	565
43	305	300	295	290	267	263	259	255	89	»	»	»	»	570	569	568	567
44	314	309	304	299	276	272	268	264	90	»	»	»	»	»	570	569	568
45	323	318	313	308	285	280	276	272	91	»	»	»	»	»	»	570	569
46	332	327	322	317	294	290	285	280	92	»	»	»	»	»	»	»	570

Fûts de 580 Litres.

Mouillé	82	83	84	85	90	91	92	93	Mouillé	82	83	84	85	90	91	92	93
	Hauteurs au Bouge.									Hauteurs au Bouge.							
1	0	0	0	0	0	0	0	0	47	348	342	337	332	308	304	300	295
2	1	1	1	1	1	1	1	1	48	357	352	346	341	317	313	308	304
3	2	2	2	2	2	2	2	2	49	366	361	356	350	325	322	317	312
4	4	4	4	4	3	3	3	3	50	375	370	365	359	333	330	326	321
5	7	7	7	7	5	5	5	5	51	385	379	374	368	342	338	334	330
6	10	10	10	10	8	8	8	8	52	394	389	383	377	351	347	342	338
7	14	14	14	14	12	12	11	11	53	403	397	392	386	360	355	351	346
8	19	19	18	18	16	16	15	15	54	411	406	400	395	368	364	359	355
9	24	24	23	23	20	20	19	19	55	421	415	409	403	377	372	368	363
10	29	29	28	28	25	24	23	23	56	430	424	418	412	385	381	375	371
11	35	34	33	33	30	29	28	28	57	439	433	427	421	394	389	384	378
12	41	40	39	39	35	34	33	33	58	447	442	436	430	402	397	392	387
13	47	46	45	45	40	39	38	38	59	456	450	444	438	410	405	400	395
14	55	53	52	51	46	45	44	44	60	464	459	452	446	418	413	407	403
15	62	60	59	58	52	51	50	49	61	473	467	461	454	426	421	416	410
16	69	67	66	65	59	57	56	55	62	481	475	469	463	434	429	424	419
17	76	74	73	72	65	63	62	61	63	489	483	477	471	442	437	432	427
18	83	81	80	79	71	69	68	67	64	497	491	485	479	450	445	440	435
19	91	89	87	86	78	76	74	73	65	504	499	493	486	458	453	448	442
20	99	97	95	94	86	84	82	80	66	511	506	500	494	466	461	455	450
21	107	105	103	101	93	91	89	87	67	518	513	507	501	473	468	463	457
22	116	113	111	109	100	98	96	94	68	525	520	514	508	480	475	470	465
23	124	121	119	117	107	105	103	101	69	533	527	521	515	487	482	477	472
24	133	130	128	126	114	112	110	108	70	539	534	528	522	494	489	484	479
25	141	138	136	134	122	119	117	115	71	545	540	535	529	502	496	491	486
26	150	147	144	142	130	127	125	123	72	551	546	541	535	509	504	498	493
27	159	156	153	150	138	135	132	130	73	556	551	547	541	515	511	504	500
28	169	165	162	159	146	143	140	138	74	561	556	552	547	521	517	512	507
29	177	174	171	168	154	151	148	145	75	566	561	557	552	528	523	518	513
30	186	183	180	177	162	159	156	153	76	570	566	562	557	534	529	524	519
31	195	191	188	185	170	167	164	161	77	573	570	566	562	540	535	530	525
32	205	201	197	194	178	175	173	170	78	576	573	570	566	545	541	536	531
33	214	210	206	203	186	183	180	177	79	578	576	573	570	550	546	542	536
34	223	219	215	212	195	191	188	185	80	579	578	576	573	555	551	547	542
35	232	228	224	221	203	199	196	193	81	580	579	578	576	560	556	552	547
36	242	238	234	230	212	208	205	202	82	»	580	579	578	564	560	557	552
37	251	247	243	239	220	216	212	209	83	»	»	580	579	568	564	561	557
38	261	256	252	248	229	225	221	217	84	»	»	»	580	572	568	565	561
39	270	265	261	257	238	233	229	225	85	»	»	»	»	575	572	569	565
40	280	275	271	267	247	242	238	234	86	»	»	»	»	577	575	572	569
41	290	285	280	276	255	250	246	242	87	»	»	»	»	578	577	575	572
42	300	295	290	285	263	258	254	250	88	»	»	»	»	579	578	577	575
43	310	305	300	295	272	267	263	259	89	»	»	»	»	580	579	578	577
44	319	315	309	304	281	276	272	268	90	»	»	»	»	»	580	579	578
45	329	324	319	313	290	285	280	276	91	»	»	»	»	»	»	580	579
46	338	333	328	323	299	295	290	285	92	»	»	»	»	»	»	»	580

Fûts de **590** Litres. — Fûts de **600** Litres.

Mouillé	Hauteurs au Bouge.					Mouillé	Hauteurs au Bouge.					Mouillé	Hauteurs au Bouge.				
	85	86	87	88	89		85	86	87	88	89		85	86	87	88	89
1	0	0	0	0	0	45	318	314	309	305	300	1	0	0	0	0	0
2	1	1	1	1	1	46	328	323	318	313	309	2	1	1	1	1	1
3	2	2	2	2	2	47	337	332	327	322	317	3	2	2	2	2	2
4	4	3	3	3	3	48	347	341	336	331	326	4	4	4	4	4	4
5	7	6	6	5	5	49	356	351	345	340	335	5	7	7	6	6	6
6	10	9	9	8	8	50	365	360	354	349	344	6	10	10	9	8	8
7	14	13	13	12	12	51	374	369	363	358	353	7	14	13	13	12	12
8	18	18	17	17	16	52	383	378	372	367	362	8	18	18	17	16	16
9	23	23	22	21	21	53	392	387	381	376	371	9	23	23	22	21	21
10	28	28	27	26	26	54	401	396	390	385	380	10	28	28	27	26	25
11	33	33	32	31	31	55	410	405	399	394	388	11	34	34	33	32	31
12	39	38	37	36	36	56	419	414	408	402	397	12	40	39	38	37	36
13	45	44	43	42	42	57	428	423	417	411	405	13	46	46	44	43	42
14	52	51	50	49	48	58	437	431	426	420	414	14	53	52	50	49	48
15	59	57	56	55	54	59	445	440	434	429	422	15	60	58	57	56	55
16	66	64	63	62	61	60	454	448	443	437	431	16	67	65	64	63	62
17	73	71	70	68	67	61	463	457	451	446	439	17	74	72	71	70	69
18	80	78	77	75	74	62	471	465	459	454	448	18	82	80	78	77	76
19	87	85	84	82	81	63	479	473	467	462	456	19	89	87	85	84	83
20	95	93	92	90	88	64	487	481	475	470	464	20	96	95	93	91	90
21	103	101	99	97	95	65	495	489	483	478	472	21	104	103	101	99	97
22	111	109	107	105	103	66	503	497	491	485	480	22	113	111	109	107	105
23	119	117	115	112	110	67	510	505	498	493	487	23	121	119	117	115	112
24	127	125	123	120	118	68	517	512	506	500	495	24	130	127	125	123	120
25	136	133	131	128	126	69	524	519	513	508	502	25	138	136	133	131	128
26	145	142	139	136	134	70	531	526	520	515	509	26	147	144	141	139	136
27	153	150	147	144	142	71	538	533	527	522	516	27	156	153	150	148	145
28	162	159	156	153	151	72	545	539	534	528	523	28	165	162	159	156	154
29	171	167	164	161	159	73	551	546	540	535	529	29	174	170	167	165	163
30	180	176	173	170	168	74	557	552	547	541	536	30	183	179	176	173	171
31	189	185	182	179	176	75	562	557	553	548	542	31	192	188	185	182	179
32	198	194	191	188	185	76	567	562	558	554	548	32	201	197	194	191	188
33	207	203	200	196	193	77	572	567	563	559	554	33	210	206	203	200	197
34	216	212	209	205	202	78	576	572	568	564	559	34	219	215	212	209	206
35	225	221	218	214	210	79	580	577	573	569	564	35	228	225	221	218	214
36	234	230	227	223	219	80	583	581	577	573	569	36	238	234	230	227	223
37	243	239	236	232	228	81	586	584	581	578	574	37	247	243	239	236	232
38	253	249	245	241	237	82	588	587	584	582	578	38	257	252	249	245	241
39	262	258	254	250	246	83	589	588	587	585	582	39	266	262	258	254	250
40	272	267	263	259	255	84	590	589	588	587	585	40	276	271	267	263	259
41	281	276	272	268	264	85	»	590	589	588	587	41	285	280	276	272	268
42	290	285	281	277	273	86	»	»	590	589	588	42	295	290	285	281	277
43	300	295	290	285	281	87	»	»	»	590	589	43	305	300	295	290	286
44	309	305	300	295	290	88	»	»	»	»	590	44	315	310	305	300	295

Fûts de **600** Litres.												Fûts de **610** Litres.					
Mouillé	Hauteurs au Bouge.					Mouillé	Hauteurs au Bouge.					Mouillé	Hauteurs au Bouge.				
	85	86	87	88	89		85	86	87	88	89		85	86	87	88	89
45	324	320	315	310	305	1	0	0	0	0	0	45	329	324	320	315	310
46	334	329	324	319	314	2	1	1	1	1	1	46	339	334	329	324	319
47	343	338	333	328	323	3	2	2	2	2	2	47	349	344	338	335	328
48	353	348	342	337	332	4	4	4	4	4	3	48	359	354	348	343	338
49	362	357	351	346	341	5	7	6	6	6	6	49	368	363	357	352	347
50	372	366	361	355	350	6	10	9	9	9	9	50	378	372	367	361	356
51	381	375	370	364	359	7	14	13	13	12	12	51	387	382	376	371	365
52	390	385	379	373	368	8	19	18	17	16	16	52	397	391	385	380	374
53	399	394	388	382	377	9	24	23	22	21	21	53	406	400	395	389	383
54	408	403	397	391	386	10	29	28	27	27	27	54	415	410	404	398	392
55	417	412	406	400	394	11	35	34	33	32	32	55	424	419	413	407	401
56	426	421	415	409	403	12	41	40	39	38	38	56	434	428	422	416	410
57	435	430	424	418	412	13	47	46	45	44	44	57	443	437	431	425	419
58	444	438	433	427	421	14	54	53	52	50	50	58	452	446	440	434	428
59	453	447	441	435	429	15	61	60	59	57	56	59	461	454	449	443	437
60	462	456	450	444	437	16	68	67	66	64	63	60	470	463	457	452	445
61	470	464	459	452	446	17	75	74	73	71	69	61	478	472	466	460	454
62	479	473	467	461	455	18	83	81	80	78	76	62	487	480	475	469	462
63	487	481	475	469	464	19	90	89	87	85	84	63	495	489	483	477	471
64	496	489	483	473	472	20	98	97	95	93	91	64	504	497	491	485	479
65	504	497	491	485	480	21	106	105	103	101	99	65	512	505	499	493	487
66	511	505	499	493	488	22	115	113	111	109	107	66	520	513	507	501	495
67	518	513	507	501	495	23	123	121	119	117	115	67	527	521	515	509	503
68	526	520	515	509	503	24	132	130	127	125	123	68	535	529	523	517	511
69	533	528	522	516	510	25	140	138	135	133	131	69	542	534	530	525	519
70	540	535	529	523	517	26	149	147	144	141	139	70	549	543	537	532	526
71	547	542	536	530	524	27	158	156	153	150	148	71	556	550	544	539	534
72	554	548	543	537	531	28	167	164	161	158	156	72	563	557	551	546	541
73	560	554	550	544	538	29	176	173	170	167	165	73	569	564	558	553	547
74	566	561	556	551	545	30	186	182	179	176	173	74	575	570	565	560	554
75	572	566	562	557	552	31	195	191	188	185	182	75	581	576	571	566	560
76	577	572	567	563	558	32	204	200	197	194	191	76	586	582	577	572	566
77	582	577	573	568	564	33	213	210	206	203	200	77	591	587	583	578	572
78	586	582	578	574	569	34	223	219	215	212	209	78	596	592	588	583	578
79	590	586	583	579	575	35	232	228	225	221	218	79	600	597	593	589	583
80	593	590	587	584	579	36	242	238	234	230	227	80	603	601	597	594	589
81	596	593	591	588	584	37	251	247	243	239	236	81	606	604	601	598	594
82	598	596	594	592	588	38	261	256	253	249	245	82	608	606	604	601	598
83	599	598	596	594	592	39	271	266	262	258	254	83	609	608	606	604	601
84	600	599	598	596	594	40	281	276	272	267	263	84	610	609	608	607	604
85	»	600	599	598	596	41	290	286	281	275	272	85	»	610	609	608	607
86	»	»	600	599	598	42	300	295	290	286	282	86	»	»	610	609	608
87	»	»	»	600	599	43	310	305	300	295	291	87	»	»	»	610	609
88	»	»	»	»	600	44	320	315	310	305	300	88	»	»	»	»	610

Fûts de **620** Litres.

Mouillé	86	87	88	89	90	Mouillé	86	87	88	89	90
1	0	0	0	0	0	46	339	334	329	325	320
2	1	1	1	1	1	47	349	344	339	334	329
3	2	2	2	2	2	48	359	354	348	343	338
4	4	4	4	3	3	49	368	363	358	352	348
5	6	6	6	6	6	50	378	373	367	361	357
6	10	9	9	9	9	51	388	382	376	370	366
7	14	13	12	12	12	52	397	391	384	380	375
8	18	17	17	16	16	53	407	401	395	389	384
9	23	22	22	21	21	54	416	411	405	398	393
10	29	28	27	27	26	55	425	420	414	407	402
11	35	34	33	33	32	56	434	429	423	416	411
12	41	40	39	38	38	57	443	438	432	425	420
13	47	46	45	44	43	58	452	447	441	434	429
14	54	52	51	50	50	59	461	456	450	443	438
15	60	59	58	57	56	60	470	465	459	452	447
16	67	66	65	64	63	61	479	473	467	461	456
17	75	74	72	71	70	62	488	482	476	470	465
18	82	81	79	78	77	63	497	491	484	479	473
19	90	89	87	85	84	64	506	499	493	487	481
20	98	96	95	93	91	65	514	508	501	495	489
21	106	104	103	101	99	66	522	516	509	503	498
22	114	112	111	109	107	67	530	524	517	511	506
23	123	121	119	117	114	68	538	531	525	519	513
24	132	129	127	125	122	69	545	539	533	527	521
25	141	138	136	133	131	70	553	546	541	535	529
26	150	147	144	141	139	71	560	554	548	542	536
27	159	155	153	150	147	72	566	561	555	549	543
28	168	164	161	159	155	73	573	568	562	554	550
29	177	173	170	168	164	74	579	574	569	563	557
30	186	182	179	177	173	75	585	580	575	570	564
31	195	191	188	186	182	76	591	586	581	576	570
32	204	200	197	195	191	77	597	592	587	582	577
33	213	209	206	204	200	78	602	598	593	587	582
34	223	219	215	213	209	79	606	603	598	593	588
35	232	229	225	222	218	80	610	607	603	599	594
36	242	238	234	231	227	81	614	611	608	604	599
37	252	247	244	240	236	82	616	614	611	608	604
38	261	257	253	250	245	83	618	616	614	611	608
39	271	266	262	259	254	84	619	618	616	614	611
40	281	276	272	268	263	85	620	619	618	617	614
41	290	286	281	277	272	86	»	620	619	618	617
42	300	295	291	286	282	87	»	»	620	619	618
43	310	305	300	295	291	88	»	»	»	620	619
44	320	315	310	305	300	89	»	»	»	»	620
45	330	325	320	315	310						

Fûts de **630** Litres.

Mouillé	86	87	88	89	90
1	0	0	0	0	0
2	1	1	1	1	1
3	2	2	2	2	2
4	4	4	4	4	4
5	6	6	6	6	6
6	10	10	9	9	9
7	14	14	13	13	13
8	19	18	18	17	17
9	24	23	23	22	22
10	29	29	28	27	27
11	35	34	34	33	32
12	41	40	39	39	38
13	47	46	45	45	44
14	54	53	52	51	50
15	62	60	59	58	57
16	69	67	66	65	64
17	76	74	73	72	70
18	84	82	81	79	77
19	92	90	89	87	85
20	100	98	96	94	92
21	108	106	104	102	100
22	117	115	112	110	108
23	125	123	120	118	116
24	134	131	128	126	124
25	143	140	137	135	133
26	152	149	146	144	141
27	161	158	155	152	150
28	170	167	164	161	158
29	179	176	173	170	167
30	188	185	182	179	176
31	197	194	191	188	185
32	207	203	200	197	194
33	217	213	210	206	203
34	227	223	219	215	212
35	236	232	228	224	221
36	246	242	238	234	230
37	256	251	247	243	239
38	265	260	257	253	248
39	275	270	266	262	258
40	285	280	276	272	267
41	295	290	285	282	277
42	305	300	295	291	287
43	315	310	305	300	296
44	325	320	315	310	305
45	335	330	325	320	315

Fûts de **630** Litres.						Fûts de **640** Litres.										
Mouillé	Hauteurs au Bouge.					Mouillé	Hauteurs au Bouge.					Mouillé	Hauteurs au Bouge.				
	86	87	88	89	90		86	87	88	89	90		86	87	88	89	90
46	345	340	335	330	325	1	0	0	0	0	0	46	350	345	340	335	330
47	355	350	345	339	334	2	1	1	1	1	1	47	360	355	350	345	340
48	365	360	354	348	343	3	2	2	2	2	2	48	370	365	360	355	350
49	374	370	364	358	353	4	4	4	4	4	4	49	380	375	370	365	360
50	384	379	373	368	363	5	7	6	6	6	6	50	390	385	380	375	370
51	394	388	383	377	372	6	10	10	9	9	9	51	400	395	390	385	379
52	403	398	392	387	382	7	14	13	13	13	12	52	410	405	400	395	388
53	413	407	402	396	391	8	19	18	17	17	17	53	420	415	410	404	397
54	423	417	411	406	400	9	24	23	23	22	22	54	430	424	419	413	406
55	433	427	420	415	409	10	30	29	29	28	27	55	439	433	428	422	415
56	442	436	430	424	418	11	35	35	34	34	33	56	449	442	437	431	425
57	451	445	439	433	427	12	42	41	40	40	39	57	459	452	446	440	434
58	460	454	448	442	436	13	49	48	46	46	45	58	469	462	455	449	443
59	469	463	457	451	445	14	56	54	53	52	51	59	477	471	465	458	452
60	478	472	466	460	454	15	63	61	60	59	57	60	486	480	474	467	461
61	487	481	475	469	463	16	70	68	67	66	65	61	495	489	483	476	470
62	496	490	484	478	472	17	78	76	74	73	72	62	504	498	492	485	479
63	505	499	493	486	480	18	85	84	82	80	79	63	513	507	501	494	488
64	513	507	502	495	489	19	93	92	90	88	87	64	521	515	510	503	497
65	522	515	510	504	497	20	101	99	97	96	94	65	530	524	518	512	505
66	530	524	518	512	506	21	110	108	105	104	102	66	539	532	526	520	514
67	538	532	526	520	514	22	119	116	114	112	110	67	547	541	535	528	522
68	546	540	534	528	522	23	127	125	122	120	118	68	555	548	543	536	530
69	554	548	541	536	530	24	136	133	130	128	126	69	562	556	550	544	538
70	561	556	549	543	538	25	145	142	139	137	135	70	570	564	558	552	546
71	568	563	557	551	545	26	154	151	148	146	143	71	577	572	566	560	553
72	576	570	564	558	553	27	163	160	157	155	152	72	584	579	573	567	561
73	583	577	571	565	560	28	172	169	166	164	161	73	591	586	580	574	568
74	589	584	578	572	566	27	181	178	175	173	170	74	598	592	587	581	575
75	595	590	585	579	573	30	191	188	185	182	179	75	605	599	594	588	583
76	601	596	591	585	580	31	201	198	194	191	188	76	610	605	600	594	589
77	606	601	596	591	586	32	210	207	203	200	197	77	616	611	606	600	595
78	611	607	602	597	592	33	220	216	212	209	206	78	621	617	611	606	601
79	616	612	607	603	598	34	230	225	221	218	215	79	626	622	617	612	607
80	620	616	612	608	603	35	240	235	230	227	225	80	630	627	623	618	613
81	624	620	617	613	608	36	250	245	240	236	234	81	633	630	627	623	618
82	626	624	621	617	613	37	260	255	250	245	243	82	636	634	631	627	623
83	628	626	624	621	617	38	270	265	260	255	252	83	638	636	634	631	628
84	629	628	626	624	621	39	280	275	270	265	261	84	639	638	636	634	631
85	630	629	628	626	624	40	290	285	280	275	270	85	640	639	638	636	634
86	»	630	629	628	626	41	300	295	290	285	280	86	»	640	639	638	636
87	»	»	630	629	628	42	310	305	300	295	290	87	»	»	640	639	638
88	»	»	»	630	629	43	320	315	310	305	300	88	»	»	»	640	639
89	»	»	»	»	630	44	330	325	320	315	310	89	»	»	»	»	640
						45	340	335	330	325	320						

Fûts de **650** Litres.							Fûts de **650** Litres.							Fûts de **660** Litres.				
Mouillé	Hauteurs au Bouge.					Mouillé	Hauteurs au Bouge.					Mouillé	Hauteurs au Bouge.				
	86	87	88	89	90		86	87	88	89	90		86	87	88	89	90
1	0	0	0	0	0	46	355	350	345	340	335	1	0	0	0	0	0
2	1	1	1	1	1	47	365	360	355	350	345	2	1	1	1	1	1
3	2	2	2	2	2	48	375	370	365	360	355	3	2	2	2	2	2
4	4	4	4	4	4	49	385	380	375	370	365	4	4	4	4	4	4
5	7	6	6	6	6	50	395	390	385	380	375	5	7	7	6	6	6
6	10	10	10	9	9	51	405	400	395	390	385	6	10	10	9	9	9
7	14	14	13	13	12	52	415	410	405	400	395	7	15	14	13	13	13
8	19	19	18	18	17	53	425	420	415	410	404	8	20	19	18	18	17
9	24	24	23	23	22	54	435	430	425	420	413	9	25	24	23	23	22
10	30	29	29	28	28	55	445	440	435	430	422	10	31	30	29	29	28
11	36	35	35	34	33	56	455	450	445	439	431	11	37	36	35	35	34
12	43	42	41	40	39	57	465	460	454	448	440	12	43	42	41	41	40
13	49	48	47	46	45	58	475	469	463	457	450	13	50	49	48	47	46
14	56	55	54	53	52	59	485	478	472	466	459	14	57	56	55	54	53
15	63	62	61	60	59	60	494	488	481	475	468	15	64	63	62	61	60
16	71	70	68	67	66	61	503	497	490	484	477	16	72	70	69	68	67
17	79	77	76	74	73	62	512	506	499	493	486	17	80	78	77	75	74
18	87	85	83	82	81	63	521	515	508	502	495	18	88	86	85	83	82
19	95	93	91	90	88	64	530	524	517	511	504	19	96	94	93	91	90
20	103	101	99	98	96	65	539	532	526	520	513	20	104	102	101	99	97
21	111	109	107	106	104	66	547	541	534	528	522	21	113	111	109	107	105
22	120	118	116	114	112	67	555	549	543	536	530	22	122	120	118	116	114
23	129	126	124	122	120	68	563	557	551	544	538	23	131	128	126	124	122
24	138	135	133	130	128	69	571	565	559	552	546	24	140	137	135	133	130
25	147	144	142	139	137	70	579	573	567	560	554	25	149	146	144	142	139
26	156	153	151	148	146	71	587	580	574	568	562	26	158	155	153	151	148
27	165	162	160	157	155	72	594	588	582	576	569	27	168	165	162	160	157
28	175	172	169	166	164	73	601	595	589	583	577	28	177	174	172	169	166
29	185	181	178	175	173	74	607	602	596	590	584	29	187	184	181	178	175
30	195	190	187	184	182	75	614	608	603	597	591	30	197	193	190	187	184
31	205	200	196	193	191	76	620	615	609	604	598	31	207	203	200	197	193
32	215	210	205	202	200	77	626	621	615	610	605	32	217	213	210	206	203
33	225	220	215	211	210	78	631	626	621	616	611	33	227	223	220	216	213
34	235	230	225	220	219	79	636	631	627	622	617	34	237	233	230	225	222
35	245	240	235	230	228	80	640	636	632	627	622	35	247	243	240	235	231
36	255	250	245	240	237	81	643	640	637	632	628	36	257	253	250	245	241
37	265	260	255	250	246	82	646	644	640	637	633	37	268	264	260	255	251
38	275	270	265	260	255	83	648	646	644	641	638	38	278	274	270	265	260
39	285	280	275	270	265	84	649	648	646	644	641	39	288	284	280	275	270
40	295	290	285	280	275	85	650	649	648	646	644	40	299	294	290	285	280
41	305	300	295	290	285	86	»	650	649	648	646	41	309	304	300	295	290
42	315	310	305	300	295	87	»	»	650	649	648	42	319	314	310	305	300
43	325	320	315	310	305	88	»	»	»	650	649	43	330	325	320	315	310
44	335	330	325	320	315	89	»	»	»	»	650	44	341	335	330	325	320
45	345	340	335	330	325							45	351	346	340	335	330

Fûts de **660** Litres						Fûts de **670** Litres.											
Mouillé.	Hauteurs au Bouge.					Mouillé.	Hauteurs au Bouge.					Mouillé.	Hauteurs au Bouge.				
	86	87	88	89	90		88	89	90	91	92		88	89	90	91	92
46	361	356	350	345	340	1	0	0	0	0	0	47	366	361	355	350	345
47	372	366	360	355	350	2	1	1	1	1	1	48	376	371	365	360	355
48	382	376	370	365	360	3	2	2	2	2	2	49	387	381	375	370	366
49	392	386	380	375	370	4	4	4	4	4	4	50	397	391	385	380	376
50	403	396	390	385	380	5	7	6	6	6	6	51	407	401	395	390	386
51	413	407	400	395	390	6	10	9	9	9	9	52	417	411	405	400	395
52	423	417	410	405	400	7	14	13	13	13	13	53	427	421	415	410	405
53	433	427	420	415	409	8	19	18	18	18	18	54	437	431	425	420	414
54	443	437	430	425	419	9	24	23	23	22	22	55	447	441	435	429	424
55	453	447	440	435	429	10	29	28	28	28	27	56	457	451	445	439	433
56	463	457	450	444	438	11	35	34	34	33	33	57	467	461	455	449	443
57	473	467	460	454	447	12	42	41	41	40	39	58	476	471	464	459	453
58	483	476	470	463	457	13	49	48	47	46	45	59	486	480	474	468	463
59	492	486	479	473	467	14	56	55	54	53	52	60	495	490	483	478	472
60	502	495	488	482	476	15	63	62	61	59	58	61	505	499	493	487	481
61	511	505	498	491	485	16	71	69	68	67	65	62	515	508	502	496	490
62	520	514	507	500	494	17	78	76	75	73	72	63	524	518	511	505	499
63	529	523	516	509	503	18	86	84	83	81	79	64	533	527	520	514	508
64	538	532	525	518	512	19	94	92	91	88	86	65	542	536	529	523	517
65	547	540	534	527	521	20	103	101	99	97	95	66	551	545	538	532	525
66	556	549	542	536	530	21	111	109	107	105	103	67	559	553	547	541	534
67	564	558	551	544	538	22	119	117	115	113	111	68	567	561	555	549	543
68	572	566	559	553	546	23	128	125	123	121	119	69	576	569	563	557	551
69	580	574	567	561	555	24	137	134	132	129	127	70	584	578	571	565	559
70	588	582	575	569	563	25	146	143	141	138	136	71	592	586	579	573	567
71	596	590	583	577	570	26	155	152	150	147	145	72	599	594	587	582	575
72	603	597	591	585	578	27	165	162	159	156	153	73	607	601	595	589	584
73	610	604	598	592	586	28	175	171	168	165	162	74	614	608	602	597	591
74	617	611	605	599	593	29	184	180	177	174	171	75	621	615	609	603	598
75	623	618	612	606	600	30	194	190	187	183	180	76	628	622	616	611	605
76	629	624	619	613	607	31	203	199	196	192	189	77	635	629	623	617	612
77	635	630	625	619	614	32	213	209	206	202	198	78	641	636	629	624	618
78	640	636	631	625	620	33	223	219	215	211	207	79	646	642	636	630	625
79	645	641	637	631	626	34	233	229	225	221	217	80	651	647	642	637	631
80	650	646	642	637	632	35	243	239	235	231	227	81	656	652	647	642	637
81	653	650	647	642	638	36	253	249	245	241	237	82	660	657	652	648	643
82	656	653	651	647	643	37	263	259	255	250	246	83	663	661	657	652	648
83	658	656	654	651	647	38	273	269	265	260	256	84	666	664	661	657	652
84	659	658	656	656	651	39	283	279	275	270	265	85	668	666	664	661	657
85	660	659	658	656	654	40	294	289	285	280	275	86	669	668	666	664	661
86	»	660	659	658	656	41	304	299	295	290	284	87	670	669	668	666	664
87	»	»	660	659	658	42	314	309	305	300	294	88	»	670	669	668	666
88	»	»	»	660	659	43	324	319	315	310	304	89	»	»	670	669	668
89	»	»	»	»	660	44	335	329	325	320	315	90	»	»	»	670	669
						45	346	341	335	330	325	91	»	»	»	»	670
						46	356	351	345	340	335						

	Fûts de **680** Litres.						Fûts de **680** Litres.						Fûts de **690** Litres.				
Mouillé.	Hauteurs au Bouge.					Mouillé.	Hauteurs au Bouge.					Mouillé.	Hauteurs au Bouge.				
	88	89	90	91	92		88	89	90	91	92		88	89	90	91	92
1	0	0	0	0	0	47	372	366	360	355	350	1	0	0	0	0	0
2	1	1	1	1	1	48	382	376	370	365	360	2	1	1	1	1	1
3	2	2	2	2	2	49	393	386	380	375	371	3	2	2	2	2	2
4	4	4	4	4	4	50	403	397	390	385	381	4	4	4	4	4	4
5	7	7	7	6	6	51	413	407	400	395	391	5	7	7	7	6	6
6	10	10	10	9	9	52	423	417	410	405	401	6	10	10	10	9	9
7	14	14	14	13	13	53	433	427	421	415	411	7	15	14	14	13	13
8	19	19	19	18	18	54	443	437	431	425	420	8	20	19	19	18	18
9	24	24	24	23	23	55	454	447	441	435	430	9	25	24	24	23	23
10	30	29	29	28	28	56	464	457	451	445	439	10	31	30	29	28	28
11	36	35	35	34	33	57	474	467	461	455	449	11	37	36	35	34	34
12	42	41	41	40	39	58	484	477	471	465	459	12	43	42	41	40	40
13	49	48	47	46	46	59	494	487	481	475	469	13	50	49	48	47	46
14	56	55	54	53	52	60	503	497	490	485	479	14	57	56	55	54	53
15	64	62	61	60	59	61	513	506	500	494	488	15	64	63	62	61	60
16	72	70	69	67	66	62	523	516	509	503	497	16	73	71	70	68	67
17	79	77	76	74	73	63	532	526	519	512	506	17	80	78	77	75	74
18	87	85	84	82	80	64	541	535	528	522	515	18	88	86	85	83	82
19	95	93	92	90	88	65	550	544	537	531	524	19	97	95	93	91	90
20	104	102	101	98	96	66	559	553	546	540	533	20	106	104	102	100	98
21	112	110	109	106	104	67	568	561	555	549	542	21	114	112	110	108	106
22	121	119	117	114	112	68	576	570	563	558	551	22	123	120	118	116	114
23	130	127	125	122	120	69	585	578	571	566	560	23	132	129	127	124	122
24	139	136	134	131	129	70	593	587	579	574	568	24	141	138	136	133	131
25	148	145	143	140	138	71	601	595	588	582	576	25	150	147	145	142	140
26	157	154	152	149	147	72	608	603	596	590	584	26	160	157	155	152	149
27	167	164	161	158	156	73	616	610	604	598	592	27	169	166	164	161	158
28	177	174	171	168	165	74	624	618	611	606	600	28	179	176	174	170	167
29	186	183	180	177	174	75	631	625	619	613	607	29	189	186	183	179	176
30	196	193	190	186	183	76	638	632	626	620	614	30	199	196	193	189	185
31	206	203	199	195	192	77	644	639	633	627	621	31	209	205	202	198	195
32	216	213	209	205	201	78	650	645	639	634	628	32	219	215	212	208	205
33	226	223	219	215	211	79	656	651	645	640	634	33	229	225	222	218	214
34	237	233	229	225	221	80	661	656	651	646	641	34	240	236	232	228	224
35	247	243	239	235	231	81	666	661	656	652	647	35	250	246	242	238	234
36	257	253	249	245	241	82	670	666	661	657	652	36	261	256	252	248	244
37	267	263	259	255	250	83	673	670	666	662	657	37	271	266	262	258	254
38	277	273	270	265	260	84	676	673	670	667	662	38	282	277	273	268	264
39	287	283	280	275	269	85	678	676	673	671	667	39	292	287	283	278	274
40	298	294	290	285	279	86	679	678	676	674	671	40	303	298	293	288	284
41	308	304	300	295	289	87	680	679	678	676	674	41	313	308	303	298	294
42	319	314	310	305	299	88	»	680	679	678	676	42	324	319	314	309	304
43	329	324	320	315	309	89	»	»	680	679	678	43	334	329	324	319	314
44	340	335	330	325	320	90	»	»	»	680	679	44	345	339	334	329	324
45	351	345	340	335	330	91	»	»	»	»	680	45	356	351	345	339	334
46	361	356	350	345	340							46	366	361	356	351	345

Fûts de 690 Litres

Mouillé	Hauteurs au Bouge				
	88	89	90	91	92
47	377	371	366	361	356
48	387	382	376	371	366
49	398	392	387	381	376
50	408	403	397	392	386
51	419	413	407	402	396
52	429	424	417	412	406
53	440	434	428	422	416
54	450	444	438	432	426
55	461	454	448	442	436
56	471	465	458	452	446
57	481	475	468	462	456
58	491	485	478	472	466
59	501	494	488	482	476
60	511	504	497	492	485
61	521	514	507	501	495
62	530	524	516	511	505
63	540	533	526	520	514
64	549	543	535	529	523
65	558	552	545	538	532
66	567	561	554	548	541
67	576	570	563	557	550
68	584	578	572	566	559
69	593	586	580	574	568
70	602	595	588	582	576
71	610	604	597	590	584
72	617	612	605	599	592
73	626	619	613	607	600
74	633	627	620	615	608
75	640	634	628	622	616
76	647	641	635	629	623
77	653	648	642	636	630
78	659	654	649	643	637
79	665	660	655	650	644
80	670	666	661	656	650
81	675	671	666	662	656
82	680	676	671	667	662
83	683	680	676	672	667
84	686	683	680	677	672
85	688	686	683	681	677
86	689	688	686	686	684
87	690	689	688	686	684
88	»	690	689	688	686
89	»	»	690	689	688
80	»	»	»	690	689
91	»	»	»	»	690

Fûts de 700 Litres

Mouillé	Hauteurs au Bouge				
	89	90	91	92	93
1	0	0	0	0	0
2	1	1	1	1	1
3	2	2	2	2	2
4	4	4	4	4	4
5	7	7	7	7	6
6	10	10	10	10	9
7	15	14	14	13	13
8	20	19	19	18	18
9	25	24	24	23	23
10	30	29	29	28	28
11	36	35	35	34	34
12	42	41	41	40	40
13	49	48	48	47	46
14	56	55	55	54	53
15	64	63	62	61	60
16	72	71	70	68	67
17	80	78	77	75	74
18	88	86	85	83	81
19	96	94	93	91	89
20	105	103	101	99	97
21	114	111	109	107	105
22	123	120	118	116	114
23	131	128	126	124	122
24	140	137	135	132	130
25	149	146	144	141	139
26	159	156	154	151	148
27	169	166	163	160	157
28	179	176	173	170	167
29	189	185	182	179	176
30	199	195	192	188	185
31	209	205	202	198	195
32	219	215	212	208	205
33	229	225	222	218	214
34	239	235	232	227	223
35	249	245	242	237	233
36	260	256	252	247	243
37	270	266	262	257	253
38	281	276	272	267	263
39	291	286	282	277	273
40	302	297	292	287	283
41	312	307	302	297	293
42	323	318	313	308	303
43	334	328	323	318	313
44	345	339	334	329	324
45	355	350	345	339	334
46	366	361	355	350	345

Mouillé	Hauteurs au Bouge				
	89	90	91	92	93
47	377	372	366	361	355
48	388	382	377	371	366
49	398	393	387	382	376
50	409	403	398	392	387
51	419	414	408	403	397
52	430	424	418	413	407
53	440	434	428	423	417
54	451	444	438	433	427
55	461	455	448	443	437
56	471	465	458	453	447
57	481	475	468	463	457
58	491	485	478	473	467
59	501	495	488	482	477
60	511	505	498	492	486
61	521	515	508	502	495
62	531	524	518	512	505
63	541	534	527	521	515
64	551	544	537	530	524
65	560	554	546	540	533
66	569	563	556	549	543
67	577	572	565	559	552
68	586	580	574	568	561
69	595	589	582	576	570
70	604	597	591	584	578
71	612	606	599	593	586
72	620	614	607	601	595
73	628	622	615	609	603
74	636	629	623	617	611
75	644	637	630	625	619
76	651	645	638	632	626
77	658	652	645	639	633
78	664	659	652	646	640
79	670	665	659	653	647
80	675	671	665	660	654
81	680	676	671	666	660
82	685	681	676	672	666
83	690	686	681	677	672
84	693	690	686	682	677
85	696	693	690	687	682
86	698	696	693	691	687
87	699	698	696	694	691
88	700	699	698	696	694
89	»	700	699	698	696
90	»	»	700	699	698
91	»	»	»	700	699
92	»	»	»	»	700

Table des Cylindres.

Lorsqu'il est possible d'établir le diamètre moyen d'un vaisseau quelconque on détermine la contenance exacte de ce vaissseau en opérant comme il suit ; soit un fût ayant 85 centimètres pour diamètre moyen et 1 m. 10 centimètres de longueur ; or, un diamètre de 85 centimètres sur 1 centimètre de haut, correspond, à la table ci-dessous, à 5 litres 675 millilitres, qui, multipliés par la longueur du fût, donnent 624 litres, en négligeant trois chiffres.

DIAMÈTRES	Contenances	DIAMÈTRES	Contenances	DIAMÈTRES	Contenances	DIAMÈTRES	Contenances	DIAMÈTRES	Contenances	DIAMÈTRES	Contenances
m. c.	l. mil	m. c.	l. mil	m. c.	l. mil	m. c.	l. mil	m. c.	l. mil	m. c.	l. mil
0 01	0 001	0 42	1 385	0 83	5 411	1 24	12 076	1 65	21 382	2 06	33 329
0 02	0 003	0 43	1 452	0 84	5 542	1 25	12 277	1 66	21 642	2 07	33 654
0 03	0 007	0 44	1 521	0 85	5 675	1 26	12 469	1 67	21 904	2 08	33 979
0 04	0 013	0 45	1 590	0 86	5 809	1 27	12 668	1 68	22 167	2 09	34 307
0 05	0 020	0 46	1 662	0 87	5 945	1 28	12 868	1 69	22 432	2 10	34 636
0 06	0 028	0 47	1 735	0 88	6 082	1 29	13 070	1 70	22 698	2 11	34 967
0 07	0 038	0 48	1 810	0 89	6 221	1 30	13 273	1 71	22 966	2 12	35 299
0 08	0 050	0 49	1 886	0 90	6 362	1 31	13 478	1 72	23 235	2 13	35 633
0 09	0 064	0 50	1 964	0 91	6 504	1 32	13 685	1 73	23 506	2 14	35 968
0 10	0 079	0 51	2 043	0 92	6 648	1 33	13 893	1 74	23 779	2 15	36 305
0 11	0 095	0 52	2 124	0 93	6 793	1 34	14 103	1 75	24 053	2 16	36 644
0 12	0 113	0 53	2 206	0 94	6 940	1 35	14 314	1 76	24 328	2 17	36 984
0 13	0 133	0 54	2 290	0 95	7 088	1 36	14 527	1 77	24 606	2 18	37 326
0 14	0 154	0 55	2 376	0 96	7 238	1 37	14 741	1 78	24 885	2 19	37 668
0 15	0 177	0 56	2 463	0 97	7 390	1 38	14 957	1 79	25 165	2 20	38 013
0 16	0 201	0 57	2 552	0 98	7 543	1 39	15 175	1 80	25 447	2 21	38 360
0 17	0 227	0 58	2 642	0 99	7 698	1 40	15 394	1 81	25 730	2 22	38 708
0 18	0 254	0 59	2 734	1 00	7 854	1 41	15 615	1 82	26 016	2 23	39 057
0 19	0 284	0 60	2 827	1 01	8 012	1 42	15 837	1 83	26 302	2 24	39 408
0 20	0 314	0 61	2 922	1 02	8 171	1 43	16 061	1 84	26 590	2 25	39 761
0 21	0 346	0 62	3 019	1 03	8 332	1 44	16 286	1 85	26 880	2 26	40 115
0 22	0 380	0 63	3 117	1 04	8 495	1 45	16 513	1 86	27 172	2 27	40 471
0 23	0 415	0 64	3 217	1 05	8 659	1 46	16 742	1 87	27 465	2 28	40 828
0 24	0 452	0 65	3 318	1 06	8 825	1 47	16 972	1 88	27 759	2 29	41 187
0 25	0 491	0 66	3 421	1 07	8 992	1 48	17 203	1 89	28 055	2 30	41 548
0 26	0 531	0 67	3 526	1 08	9 161	1 49	17 437	1 90	28 353	2 31	41 910
0 27	0 573	0 68	3 632	1 09	9 331	1 50	17 671	1 91	28 652	2 32	42 273
0 28	0 616	0 69	3 739	1 10	9 503	1 51	17 908	1 92	28 953	2 33	42 638
0 29	0 661	0 70	3 848	1 11	9 677	1 52	18 146	1 93	29 255	2 34	43 005
0 30	0 707	0 71	3 959	1 12	9 852	1 53	18 385	1 94	29 559	2 35	43 374
0 31	0 755	0 72	4 072	1 13	10 029	1 54	18 627	1 95	29 895	2 36	43 744
0 32	0 804	0 73	4 185	1 14	10 207	1 55	18 869	1 96	30 172	2 37	44 115
0 33	0 855	0 74	4 301	1 15	10 387	1 56	19 113	1 97	30 481	2 38	44 488
0 34	0 908	0 75	4 418	1 16	10 568	1 57	19 359	1 98	30 791	2 39	44 863
0 35	0 992	0 76	4 536	1 17	10 751	1 58	19 607	1 99	31 103	2 40	45 239
0 36	1 018	0 77	4 657	1 18	10 936	1 59	19 856	2 00	31 416	2 41	45 617
0 37	1 075	0 78	4 778	1 19	11 122	1 60	20 106	2 01	31 731	2 42	45 996
0 38	1 134	0 79	4 902	1 20	11 310	1 61	20 358	2 02	32 047	2 43	46 377
0 39	1 195	0 80	5 027	1 21	11 499	1 62	20 612	2 03	32 365	2 44	46 759
0 40	1 257	0 81	5 153	1 22	11 690	1 63	20 867	2 04	32 685	2 45	47 144
0 41	1 320	0 82	5 281	1 23	11 882	1 64	21 124	2 05	33 006	2 46	47 529

Suite de la table des cylindres.

DIAMÈTRES.	Contenances.	DIAMÈTRES.	Contenances.	DIAMÈTRES.	Contenances.	DIAMÈTRES.	Contenances.	DIAMÈTRES.	Contenances.	DIAMÈTRES.	Contenances.
m. c.	l. mil.	m. c.	l. mil.	m. c.	l. mil.	m. c.	l. mil.	m. c.	l. mil.	m. c.	l. mil.
2 47	47 916	3 00	70 686	3 53	97 868	4 06	129 462	4 59	165 468	5 12	205 887
2 48	48 305	3 01	71 158	3 54	98 423	4 07	130 100	4 60	166 190	5 13	206 692
2 49	48 695	3 02	71 631	3 55	98 980	4 08	130 741	4 61	166 914	5 14	207 499
2 50	49 087	3 03	72 107	3 56	99 538	4 09	131 382	4 62	167 639	5 15	208 307
2 51	49 481	3 04	72 583	3 57	100 098	4 10	132 025	4 63	168 365	5 16	209 117
2 52	49 876	3 05	73 062	3 58	100 660	4 11	132 670	4 64	169 093	5 17	209 928
2 53	50 273	3 06	73 542	3 59	101 223	4 12	133 317	4 65	169 823	5 18	210 741
2 54	50 671	3 07	74 023	3 60	101 788	4 13	133 965	4 66	170 554	5 19	211 556
2 55	51 071	3 08	74 506	3 61	102 354	4 14	134 614	4 67	171 287	5 20	212 372
2 56	51 472	3 09	74 991	3 62	102 922	4 15	135 265	4 68	172 021	5 21	213 189
2 57	51 875	3 10	75 477	3 63	103 491	4 16	135 918	4 69	172 757	5 22	214 008
2 58	52 279	3 11	75 965	3 64	104 062	4 17	136 572	4 70	173 494	5 23	214 829
2 59	52 685	3 12	76 454	3 65	104 635	4 18	137 228	4 71	174 234	5 24	215 651
2 60	53 093	3 13	76 945	3 66	105 209	4 19	137 885	4 72	174 974	5 25	216 475
2 61	53 502	3 14	77 437	3 67	105 784	4 20	138 544	4 73	175 716	5 26	217 301
2 62	53 913	3 15	77 931	3 68	106 362	4 21	139 205	4 74	176 460	5 27	218 128
2 63	54 325	3 16	78 427	3 69	106 941	4 22	139 867	4 75	177 205	5 28	218 956
2 64	54 739	3 17	78 924	3 70	107 521	4 23	140 531	4 76	177 952	5 29	219 787
2 65	55 155	3 18	79 423	3 71	108 103	4 24	141 196	4 77	178 701	5 30	220 618
2 66	55 572	3 19	79 923	3 72	108 687	4 25	141 863	4 78	179 451	5 31	221 452
2 67	55 990	3 20	80 425	3 73	109 631	4 26	142 531	4 79	180 203	5 32	222 287
2 68	56 410	3 21	80 928	3 74	109 858	4 27	143 201	4 80	180 656	5 33	223 123
2 69	56 832	3 22	81 433	3 75	110 447	4 28	143 872	4 81	181 711	5 34	223 961
2 70	57 256	3 23	81 940	3 76	111 039	4 29	144 545	4 82	182 467	5 35	224 801
2 71	57 680	3 24	82 448	3 77	111 628	4 30	145 220	4 83	183 225	5 36	225 642
2 72	58 107	3 25	82 958	3 78	112 221	4 31	145 896	4 84	183 984	5 37	226 484
2 73	58 535	3 26	83 469	3 79	112 815	4 32	146 574	4 85	184 745	5 38	227 329
2 74	58 965	3 27	83 982	3 80	113 411	4 33	147 254	4 86	185 508	5 39	228 175
2 75	59 396	3 28	84 496	3 81	114 009	4 34	147 934	4 87	186 272	5 40	229 022
2 76	59 828	3 29	85 012	3 82	114 608	4 35	148 617	4 88	187 038	5 41	229 871
2 77	60 263	3 30	85 530	3 83	115 209	4 36	149 301	4 89	187 805	5 42	230 722
2 78	60 699	3 31	86 049	3 84	115 812	4 37	149 987	4 90	188 574	5 43	231 574
2 79	61 136	3 32	86 570	3 85	116 416	4 38	150 674	4 91	189 345	5 44	232 428
2 80	61 575	3 33	87 092	3 86	117 021	4 39	151 363	4 92	190 117	5 45	233 283
2 81	62 016	3 34	87 616	3 87	117 628	4 40	152 053	4 93	190 890	5 46	234 140
2 82	62 458	3 35	88 141	3 88	118 237	4 41	152 745	4 94	191 665	5 47	234 998
2 83	62 902	3 36	88 668	3 89	118 847	4 42	153 439	4 95	192 442	5 48	235 858
2 84	63 347	3 37	89 197	3 90	119 459	4 43	154 134	4 96	193 221	5 49	236 720
2 85	63 794	3 38	89 727	3 91	120 072	4 44	154 830	4 97	194 000	5 50	237 583
2 86	64 242	3 39	90 259	3 92	120 687	4 45	155 528	4 98	194 782	5 51	238 448
2 87	64 692	3 40	90 792	3 93	121 304	4 46	156 228	4 99	195 565	5 52	239 314
2 88	65 143	3 41	91 327	3 94	121 922	4 47	156 930	5 00	196 350	5 53	240 182
2 89	65 597	3 42	91 863	3 95	122 542	4 48	157 633	5 01	197 136	5 54	241 051
2 90	66 052	3 43	92 401	3 96	123 163	4 49	158 337	5 02	197 923	5 55	241 922
2 91	66 508	3 44	92 941	3 97	123 786	4 50	159 043	5 03	198 713	5 56	242 795
2 92	66 966	3 45	93 482	3 98	124 410	4 51	159 751	5 04	199 504	5 57	243 669
2 93	67 426	3 46	94 025	3 99	125 036	4 52	160 460	5 05	200 296	5 58	244 545
2 94	67 887	3 47	94 569	4 00	125 664	4 53	161 171	5 06	201 090	5 59	245 422
2 95	68 349	3 48	95 115	4 01	126 293	4 54	161 885	5 07	201 886	5 60	246 301
2 96	68 813	3 49	95 662	4 02	126 923	4 55	162 597	5 08	202 683		
2 97	69 279	3 50	96 211	4 03	127 556	4 56	163 313	5 09	203 482		
2 98	69 746	3 51	96 762	4 04	128 190	4 57	164 030	5 10	204 282		
2 99	70 215	3 52	97 314	4 05	128 825	4 58	164 748	5 11	205 084		

(Le nombre qui se trouve à l'intersection des deux degrés est le degré réel).

Table des corrections à faire subir au degré indiqué par l'alcoomètre.

DEGRÉS INDIQUÉS PAR — **LE THERMOMÈTRE.**

DEGRÉS INDIQUÉS PAR L'ALCOOMÈTRE.

	0	1	2	3	4	5	6	7	8	9	10	11	12	13	14	15
6	6	6	6	6	6	7	7	7	7	7	6	6	6	6	6	6
7	7	7	7	7	7	8	8	8	8	7	7	7	7	7	7	7
8	8	9	9	9	9	9	9	9	9	9	8	8	8	8	8	8
9	9	10	10	10	10	10	10	10	10	10	9	9	9	9	9	9
10	10	11	11	11	11	11	11	11	11	11	11	10	10	10	10	10
11	11	12	12	12	12	12	12	12	12	12	12	12	11	11	11	11
12	12	13	13	13	13	13	13	13	13	13	13	13	12	12	12	12
13	13	15	15	15	14	14	14	14	14	14	14	13	13	13	13	13
14	14	16	16	16	16	16	16	15	15	15	15	15	15	14	14	14
15	15	17	17	17	17	17	17	17	16	16	16	16	16	15	15	15
16	16	19	19	19	18	18	18	18	18	17	17	17	17	16	16	16
17	17	20	20	20	19	19	19	19	19	18	18	18	18	17	17	17
18	18	22	21	21	21	21	20	20	20	20	19	19	19	18	18	18
19	19	23	23	22	22	22	22	21	21	21	20	20	20	19	19	19
20	20	24	24	24	23	23	23	22	22	22	22	21	21	20	20	20
21	21	26	25	25	25	24	24	24	23	23	22	22	22	22	21	21
22	22	27	27	26	26	26	25	25	24	24	23	23	23	23	22	22
23	23	28	28	28	27	27	26	26	25	25	25	24	24	23	23	23
24	24	30	29	29	29	28	28	27	27	27	26	26	25	25	24	24
25	25	31	31	30	30	30	29	29	28	28	27	27	26	26	25	25
26	26	32	32	31	31	31	30	30	30	29	28	28	28	27	26	26
27	27	33	33	32	32	32	31	31	31	30	30	29	29	28	27	27
28	28	34	34	33	33	33	32	32	31	31	30	30	30	29	28	28
29	29	36	35	35	34	34	33	33	33	32	31	31	31	30	29	29
30	30	37	36	36	35	35	34	34	34	33	32	32	32	31	30	30
31	31	38	37	37	36	36	35	35	34	34	33	33	32	32	31	31
32	32	39	38	38	37	37	36	36	35	35	34	34	33	33	32	32
33	33	40	39	39	38	38	37	37	36	36	35	35	34	34	33	33
34	34	41	40	40	39	39	38	38	37	37	36	36	35	35	34	34
35	35	41	41	41	40	40	39	39	38	38	37	37	36	36	35	35
36	36	42	42	42	41	41	40	40	39	39	38	38	37	37	36	36
37	37	43	43	43	42	42	41	41	40	40	39	39	38	38	37	37
38	38	44	44	44	43	43	42	42	41	41	40	40	39	39	38	38
39	39	45	45	45	44	44	43	43	42	42	41	41	40	40	39	39
40	40	46	46	45	45	45	44	44	43	43	42	42	41	41	40	40
41	41	47	47	46	46	46	45	45	45	44	43	43	43	42	41	41
42	42	48	48	47	47	47	46	46	45	45	44	44	44	43	42	42
43	43	49	49	48	48	48	47	47	46	46	45	45	44	44	43	43
44	44	50	50	49	49	49	48	48	47	47	46	46	45	45	44	44
45	45	51	51	50	50	50	49	49	48	48	47	47	46	46	45	45
46	46	52	52	51	51	51	50	50	49	49	48	48	47	47	46	46
47	47	53	53	52	52	51	51	50	50	49	49	48	48	47	47	47
48	48	54	54	53	52	52	52	51	51	50	50	49	49	48	48	48
49	49	55	55	54	53	53	52	52	51	51	50	50	50	49	49	49
50	50	56	56	55	55	54	54	53	53	52	52	51	51	50	50	50
51	51	57	57	56	56	55	55	54	54	53	53	53	52	52	51	51

	16	17	18	19	20	21	22	23	24	25	26	27	28	29	30
6	6	6	6	5	5	5	5	5	5	5	4	4	4	4	4
7	7	7	6	6	6	6	6	6	6	5	5	5	5	5	5
8	8	8	8	7	7	7	7	7	7	6	6	6	6	6	5
9	9	9	9	8	8	8	8	8	7	7	7	7	7	7	6
10	10	10	10	9	9	9	9	9	8	8	8	8	8	7	7
11	11	11	11	10	10	10	10	10	10	9	9	9	9	8	8
12	12	12	12	11	11	11	11	11	10	10	10	10	9	9	9
13	13	13	12	12	12	12	12	11	11	11	11	10	10	10	10
14	14	14	13	13	13	13	13	12	12	12	12	11	11	11	11
15	15	14	14	14	14	13	13	13	13	12	12	12	12	12	11
16	16	16	15	15	15	15	14	14	14	14	13	13	13	12	12
17	17	17	16	16	16	15	15	15	15	14	14	14	13	13	13
18	18	18	17	17	17	16	16	16	15	15	15	15	14	14	14
19	19	18	18	18	18	17	17	17	16	16	16	16	15	15	15
20	20	20	19	19	18	18	18	18	17	17	17	16	16	16	15
21	21	21	20	20	20	19	19	19	18	18	18	17	17	17	16
22	22	22	21	21	21	20	20	20	19	19	19	18	18	17	17
23	23	23	22	22	21	21	21	20	20	20	19	19	18	18	18
24	24	24	23	23	22	22	22	21	21	21	20	20	20	19	19
25	25	24	24	24	23	23	23	22	22	21	21	20	20	20	19
26	26	26	25	25	25	24	24	23	23	22	22	22	21	21	21
27	27	27	26	26	25	25	24	24	24	23	23	23	22	22	22
28	28	28	27	27	26	26	25	25	25	24	24	23	23	22	22
29	29	28	28	27	27	27	26	26	25	25	24	24	24	23	23
30	30	29	29	28	28	27	27	27	26	26	26	25	25	24	24
31	31	30	30	29	29	28	28	27	27	26	26	26	25	25	25
32	32	31	31	30	30	29	29	29	28	28	27	27	27	26	26
33	33	32	32	31	31	30	30	30	29	29	28	28	27	27	26
34	34	33	33	32	32	31	31	31	30	30	29	29	28	28	28
35	35	34	34	33	33	32	32	31	31	30	30	29	29	29	28
36	36	35	35	34	34	33	33	33	32	32	31	31	30	30	30
37	36	36	35	35	34	34	33	33	33	32	32	31	31	31	30
38	37	37	37	36	36	35	35	34	34	34	33	33	32	32	31
39	38	38	37	37	36	36	36	35	35	35	34	33	33	33	32
40	39	39	39	38	38	37	37	36	36	36	35	35	34	34	34
41	41	40	40	39	39	38	38	38	37	37	36	36	35	35	35
42	42	41	41	40	40	39	39	39	38	38	37	37	36	36	36
43	43	42	42	41	41	40	40	40	39	39	38	38	37	37	37
44	44	43	43	42	42	41	41	41	40	40	39	39	39	38	38
45	45	44	44	43	43	42	42	41	41	41	40	40	40	39	39
46	46	45	45	44	44	43	43	43	42	42	41	41	40	40	40
47	47	46	46	45	45	44	44	43	43	42	42	42	41	41	40
48	48	47	47	46	46	46	45	45	44	44	43	43	42	42	42
49	49	48	48	47	47	46	46	45	45	45	44	44	43	43	43
50	50	49	49	48	48	48	47	47	46	46	45	45	45	44	44
51	51	50	50	49	49	48	48	47	47	46	46	46	45	45	45

DEGRÉS INDIQUÉS PAR L'ALCOOMÈTRE.

Suite de la table des corrections.

DEGRÉS INDIQUÉS PAR

LE THERMOMÈTRE.

DEGRÉS INDIQUÉS PAR L'ALCOOMÈTRE.

	0	1	2	3	4	5	6	7	8	9	10	11	12	13	14	15
52	58	58	57	57	56	56	55	55	54	54	54	53	53	52	52	
53	59	59	58	58	57	57	56	56	55	55	55	54	54	53	53	
54	60	60	59	59	58	58	57	57	56	56	55	55	55	54	54	
55	61	61	60	60	59	59	58	58	58	57	57	57	56	56	55	55
56	62	62	61	61	60	60	59	59	59	58	58	58	57	57	56	56
57	63	62	62	62	61	61	60	60	60	59	59	59	58	78	57	57
58	64	63	63	63	62	62	61	61	61	60	60	60	59	59	58	58
59	65	64	64	64	63	63	62	62	62	61	61	61	60	60	59	59
60	66	65	65	65	64	64	63	63	63	62	62	62	61	61	60	60
61	67	66	66	66	65	65	64	64	64	63	63	63	62	62	61	61
62	68	67	67	67	66	66	65	65	65	64	64	63	63	62	62	
63	69	68	68	68	67	67	66	66	66	65	65	65	64	64	63	63
64	70	69	69	69	68	68	67	67	67	66	66	66	65	64	64	64
65	71	70	70	70	69	69	68	68	68	67	67	67	66	66	65	65
66	72	71	71	71	70	70	69	69	69	68	68	67	67	66	66	66
67	73	72	72	72	71	71	70	70	70	69	69	69	68	68	67	67
68	74	73	73	73	72	72	71	71	71	70	70	69	69	68	68	68
69	75	74	74	74	73	73	72	72	72	71	71	71	70	70	69	69
70	76	75	75	74	74	74	73	73	73	72	72	72	71	71	70	70
71	77	76	76	76	75	75	74	74	74	73	73	73	72	72	71	71
72	78	77	77	77	76	76	75	75	75	74	74	74	73	73	72	72
73	79	78	78	78	77	77	76	76	76	75	75	74	74	74	73	73
74	80	79	79	78	78	78	77	77	77	76	76	76	75	75	74	74
75	81	80	80	80	79	79	78	78	78	77	77	76	76	76	75	75
76	82	81	81	80	80	80	79	79	79	78	78	77	77	77	76	76
77	83	82	82	81	81	81	80	80	80	79	79	78	78	78	77	77
78	84	83	83	82	82	82	81	81	81	80	80	80	79	79	78	78
79	85	84	84	84	83	83	82	82	82	81	81	80	80	79	79	
80	86	85	85	85	84	84	83	83	83	82	81	81	80	80		
81	86	86	86	86	85	85	84	84	84	83	83	82	82	82	81	81
82	87	87	87	86	86	86	85	85	85	84	84	83	83	83	82	82
83	88	88	88	88	87	87	86	86	86	85	85	84	84	83	83	83
84	89	89	89	88	88	88	87	87	87	86	86	85	85	84	84	84
85	90	90	90	90	89	89	88	88	88	87	87	86	86	85	85	85
86	91	91	90	90	90	89	89	89	88	88	88	87	87	86	86	
87	92	92	92	91	91	91	90	90	90	89	89	88	88	88	87	87
88	93	93	92	92	92	91	91	91	90	90	90	89	89	89	88	88
89	94	94	93	93	93	92	92	92	91	91	90	90	90	89	89	
90	95	95	95	94	94	94	93	93	93	92	92	91	91	91	90	90
91	96	96	96	95	95	95	94	94	94	93	93	93	92	92	91	91
92	97	97	96	96	96	95	95	95	94	94	94	93	93	92	92	92
93	98	98	97	97	97	96	96	96	95	95	95	94	94	94	93	93
94	99	98	98	98	97	97	96	96	96	95	95	94	94	94	93	
95	99	99	99	99	98	98	98	97	97	97	96	96	96	95	95	
96	100	100	100	99	99	99	99	98	98	98	97	97	97	96	94	
97	101	101	101	100	100	100	100	99	99	99	98	98	98	97	97	

DEGRÉS INDIQUÉS PAR L'ALCOOMÈTRE.

	16	17	18	19	20	21	22	23	24	25	26	27	28	29	30
52	52	51	51	50	50	50	49	49	48	48	47	47	47	46	46
53	53	52	52	51	51	51	50	50	49	49	48	48	47	47	
54	54	53	53	52	52	52	51	51	50	50	49	49	49	48	48
55	55	54	54	53	53	53	52	52	51	51	50	50	50	49	49
56	56	55	55	54	54	54	53	53	53	52	51	51	51	50	50
57	57	56	56	55	55	55	54	54	53	53	52	52	52	51	51
58	58	57	57	56	56	56	55	55	54	54	53	53	53	52	52
59	59	58	58	57	57	57	56	56	55	55	54	54	53	53	
60	60	59	59	58	58	58	57	57	56	56	55	55	54	54	
61	61	61	60	59	59	59	58	58	57	57	56	56	56	55	55
62	62	61	61	60	60	60	59	59	58	58	58	57	57	56	56
63	63	62	62	61	61	61	60	60	59	59	59	58	58	57	57
64	64	63	63	62	62	62	61	61	60	60	60	59	59	58	58
65	65	64	64	63	63	63	62	62	61	61	61	60	60	59	59
66	66	65	65	64	64	64	63	63	62	62	62	61	61	60	60
67	67	66	66	66	65	65	64	64	64	63	63	62	62	61	61
68	68	67	67	66	66	66	65	65	65	64	64	63	63	62	62
69	69	68	68	67	67	67	66	66	65	65	64	64	64	63	63
70	70	69	69	68	68	68	67	67	66	66	66	65	65	64	64
71	71	70	70	69	69	69	68	68	67	67	67	66	66	65	65
72	72	71	71	70	70	70	69	69	68	68	68	67	67	66	66
73	73	72	72	71	71	71	70	70	69	69	69	68	68	67	67
74	74	73	73	72	72	72	71	71	71	70	70	69	69	68	68
75	75	74	74	73	73	73	72	72	72	71	71	70	70	69	69
76	76	75	75	74	74	74	73	73	73	72	72	71	71	71	70
77	77	76	76	75	75	75	74	74	74	73	73	72	72	72	71
78	78	77	77	76	76	76	75	75	74	74	74	73	73	72	72
79	79	78	78	77	77	77	76	76	75	75	74	74	74	73	73
80	80	79	79	78	78	78	77	77	76	76	75	75	75	74	
81	81	80	80	79	79	79	78	78	77	77	77	76	76	76	75
82	82	81	81	80	80	80	79	79	78	78	78	77	77	77	76
83	83	82	82	81	81	80	80	80	79	79	78	78	75	77	
84	84	84	83	83	83	82	82	81	81	81	80	80	79	79	79
85	85	84	84	84	83	83	82	82	81	81	80	80	80		
86	86	86	85	85	85	84	84	83	83	83	82	82	81	81	81
87	87	86	86	86	85	85	84	84	84	83	83	82	82	82	81
88	88	88	87	87	87	86	86	85	85	85	84	84	84	83	83
89	89	89	88	88	88	87	87	86	86	86	85	85	85	84	84
90	90	90	89	89	89	88	88	87	87	87	86	86	86	85	85
91	91	91	90	90	90	89	89	88	88	88	87	87	86	86	86
92	92	92	91	91	91	90	90	89	89	89	88	88	88	87	87
93	93	93	92	92	92	91	91	90	90	90	89	89	89	88	88
94	94	94	93	93	93	92	92	91	91	91	90	90	90	89	89
95	95	95	94	94	94	93	93	92	92	92	91	91	91	90	90
96	96	95	95	95	94	94	94	93	93	93	92	92	92	92	91
97	97	97	96	96	96	95	95	95	95	94	94	93	93	92	

TABLE DES SEGMENTS.

Si on a à reconnaître la vidange d'un fût dont la forme est peu ordinaire et qui, par ce motif ne se trouve pas sur les tables, qui font la 1re partie de cet ouvrage, on opère comme il suit : soit un fût de **630** litres dont le mouillé est **45** centimètres, et le diamètre à la bonde de **90** centimètres en multipliant le mouillé par **100** et le divisant par le diamètre, on aura **50** auxquels chiffres. On obtiendra toujours un résultat satisfaisant, si on tient compte des restes de la division, ainsi que cela a été fait pour les calculs des tables précitées.

Or **50** répondent dans la table ci-dessous à **5000**, qui multipliés par la contenance totale du fût (**630**) donnent, euxmêmes jugé chiffres, **315** litres. On obtiendra toujours un résultat satisfaisant, si on tient compte des restes de la division, ainsi que cela a été fait pour les calculs des tables précitées.

Segments par la Bonde (Fûts couchés).

Diamètre	Segment.	Diamètre	Segment.	Diamètre	Segment.	Diamètre	Segment.	Diamètre	Segment.
1	0002	21	1342	41	3792	61	6472	81	8866
2	0008	22	1449	42	3924	62	6603	82	8966
3	0021	23	1559	43	4057	63	6734	83	9064
4	0041	24	1671	44	4191	64	6863	84	9159
5	0070	25	1784	45	4325	65	6992	85	9251
6	0110	26	1899	46	4460	66	7120	86	9339
7	0158	27	2016	47	4595	67	7247	87	9424
8	0215	28	2136	48	4730	68	7373	88	9505
9	0277	29	2256	49	4865	69	7478	89	9582
10	0355	30	2378	50	5000	70	7622	90	9655
11	018	31	2502	51	5135	71	7744	91	9723
12	0495	32	2627	52	5270	72	7864	92	9785
13	0576	33	2753	53	5405	73	7984	93	9842
14	0661	34	2880	54	5540	74	8101	94	9890
15	0719	35	3008	55	5675	75	8216	95	9930
16	0841	36	3137	56	5809	76	8329	96	9959
17	0936	37	3266	57	5943	77	8441	97	9979
18	1034	38	3397	58	6076	78	8551	98	9992
19	1134	39	3528	59	6208	79	8658	99	9998
20	1236	40	3660	60	6340	80	8764	100	10000

Segments par le Fond (Fûts debout).

Diamètre	Segment.	Diamètre	Segment.	Diamètre	Segment.	Diamètre	Segment.	Diamètre	Segment.
1	0088	21	1948	41	4006	61	6209	81	8247
2	0176	22	2046	42	4115	62	6316	82	8344
3	0265	23	2145	43	4224	63	6422	83	8440
4	0354	24	2244	44	4333	64	6528	84	8536
5	0444	25	2344	45	4443	65	6632	85	8631
6	0534	26	2444	46	4554	66	6737	86	8726
7	0625	27	2545	47	4665	67	6841	87	8820
8	0716	28	2646	48	4776	68	6944	88	8914
9	0808	29	2748	49	4888	69	7047	89	9007
10	0900	30	2850	50	5000	70	7150	90	9100
11	0993	31	2953	51	5112	71	7252	91	9192
12	1086	32	3056	52	5224	72	7354	92	9282
13	1180	33	3159	53	5335	73	7456	93	9375
14	1274	34	3263	54	5446	74	7556	94	9466
15	1369	35	3368	55	5557	75	7656	95	9556
16	1464	36	3473	56	5667	76	7736	96	9646
17	1560	37	3578	57	5776	77	7855	97	9733
18	1656	38	3684	58	5885	78	7954	98	9824
19	1753	39	3791	59	5994	79	8052	99	9912
20	1850	40	3898	60	6102	80	8150	100	10000

Lille, Imp. de Lefebvre-Ducrocq

En envoyant franco un mandat de DEUX FRANCS

à M. ESQUILAT, rue du Sec-Arembault, 28, à Lille (Nord).

on recevra immédiatement, par la poste, franc de port,
un exemplaire de ce Carnet.